LA REINE DE L'AIR ET DES TÉNÈBRES

J'AI LU

POUL ANDERSON

La patrouille du temps	*J'ai lu* 1409/**3**
Barrière mentale	
La route étoilée	
La troisième race	
Les croisés du cosmos	
La reine de l'Air et des Ténèbres	*J'ai lu* 1268/**2**
Après l'apocalypse	
Trois à conquérir	
Le monde de Satan	
Le hors-le-monde	
Le dernier chant des sirènes	
Conan le rebelle	
Hrolf Kraki	
Le barde du futur	
La mission du Quedak	
Tempête d'une nuit d'été	
Trois cœurs, trois lions	
L'agent de l'empire terrien	

POUL ANDERSON

LA REINE DE L'AIR ET DES TÉNÈBRES

TRADUIT DE L'AMÉRICAIN
PAR FRANCE-MARIE WATKINS

ÉDITIONS J'AI LU

Collection créée et dirigée
par Jacques Sadoul

A Lin et Noël Carter.

Titre original :

THE QUEEN OF AIR AND DARKNESS
AND OTHER STORIES

AVANT-PROPOS

Les récits de ce livre ne sont pas à associer, en ce sens qu'ils ne projettent pas une histoire unique de l'avenir. Ce qu'ils ont en commun, c'est une idée.

Ou peut-être est-ce une question. Quelle portion de l'univers la science, *telle que nous la connaissons,* nous ouvre-t-elle?

Nous serions fort téméraires en prétendant comprendre, aujourd'hui, tout ce qui s'étend entre le cœur de l'atome et la plus lointaine des galaxies. Nos premiers petits sondages et explorations au delà de la Terre nous ont déjà fourni plus d'énigmes que de réponses. La perception extra-sensorielle et d'autres phénomènes singuliers deviennent de respectables domaines de la recherche. Les revues scientifiques publient à présent des spéculations auprès desquelles la science-fiction paraît terne et banale. (Ainsi, le concept de " matière fantôme " apparut pour la première fois comme une hypothèse de K. Nishijima et M.H. Saffouri dans *Physical Review Letters* du 8 février 1965.) On trouve cette attitude implicite dans ces nouvelles.

Mais on n'y trouvera rien que la majorité des physiciens du XXe siècle déclareraient carrément impossible, par exemple voyager à des vitesses dépassant celle de la lumière. J'aimerais croire que cet exploit, et d'autres, seront à notre portée un jour. Mais le fait est que nous n'avons pas besoin de capacités illimitées pour avoir un avenir sans limites.

La réalité doit comprendre le mal comme le bien, l'erreur comme la sagacité. Par conséquent, certains récits sont sombres, d'autres plus optimistes. A long terme – probablement – le sort de l'humanité dépendra de ce que feront les êtres humains.

P.A.

LA REINE DE L'AIR ET DES TÉNÈBRES

Les dernières lueurs du dernier coucher de soleil s'attardaient presque jusqu'au milieu de l'hiver, mais il n'y aurait plus de jour et les terres du nord se réjouissaient. Les fleurs s'épanouissaient, les épines-de-feu flamboyaient, les fleurs-d'acier se dressaient toutes bleues parmi le brok et l'herbe-de-pluie qui envahissaient toutes les collines. Des insectes voletaient de leurs ailes iridescentes; un crowbuck secouait ses cornes et claironnait dans la tiédeur et les parfums fleuris. Entre les horizons, le ciel s'assombrissait, du violet au noir. Les deux lunes, presque pleines, baignaient de leur clarté glacée les feuilles et se reflétaient dans les eaux. Leurs ombres se brouillaient sous l'aurore boréale, immense rideau de lumière mouvante à travers les cieux. Au-delà, les premières étoiles scintillaient.

Un garçon et une fille étaient assis au sommet du Tertre de Wolund, juste au-dessous du dolmen qui s'y dressait. Leurs cheveux, flottant jusqu'au milieu de leur dos, ressortaient singulièrement, décolorés par l'été. Leurs corps, encore brunis par la saison, se confondaient avec la terre, les buissons et le rocher; car ils ne portaient que des guirlandes de fleurs. Il jouait d'une flûte d'os et elle chantait. Ils étaient amants, depuis peu. Ils avaient à peu près seize ans mais ne le savaient pas, se considérant comme des Externes et donc indifférents au temps, se rappelant peu ou pas d'avoir un jour vécu dans les terres des hommes.

Les notes s'élevaient, claires et froides autour de la voix :

> « Jette un sort
> tisse-le bien
> de poussière et de rosée
> et de la nuit et toi. »

Un ruisseau près du tumulus, charriant le clair de lune vers une rivière cachée, répondait du murmure de ses rapides. Un vol de chauves-souris d'enfer passa, tout noir sous l'aurore boréale.

Une silhouette surgit en bondissant au-dessus de Cloudmoor. Elle avait deux bras et deux jambes, mais les jambes étaient très longues, et les pieds griffus; des plumes recouvraient la créature jusqu'à l'extrémité de la queue et des larges ailes. La figure était à demi humaine, mangée par les yeux. Si Ayoch avait pu se tenir debout, tout droit, il aurait atteint l'épaule du garçon.

La fille se leva.

– Il porte un fardeau, dit-elle.

Sa vue n'était pas faite pour le crépuscule, comme celle d'une créature native des terres du nord, mais elle avait appris à utiliser tous les signaux que lui transmettaient ses sens. Outre que normalement un pook volait, il y avait de la lourdeur dans sa hâte.

– Et il vient du sud!

L'excitation s'empara du garçon, soudaine comme une flamme verte traversant la constellation de Lyrth. Il descendit en courant du tumulus.

– Ohoyo, Ayoch! appela-t-il. Moi ici, Mistherd!

– Et Ombre-d'un-Rêve, ajouta la fille en riant, tout en le suivant.

Le pook s'arrêta. Il respirait plus fort que le murmure de la végétation autour de lui. Une odeur de yerba écrasée s'élevait autour de lui.

– Soyez bienvenus à la naissance de l'hiver, siffla-t-il. Vous pouvez m'aider à apporter ceci à Carheddin.

Il tendit ce qu'il portait. Ses yeux étaient des lanternes jaunes. L'objet bougeait et gémissait.

– Ah! Un enfant! s'exclama Mistherd.

– Comme tu l'étais, mon fils, comme tu l'étais. Ho, ho, quel enlèvement! fanfaronna Ayoch. Ils étaient une vingtaine dans ce camp près de Fallowwood, armés, et en plus des machines de guet ils avaient de grands vilains chiens qui grondaient en dormant. Mais je suis tombé de haut, après les avoir observés jusqu'à ce que je sache qu'une poignée de poussière éblouissante...

– Pauvre petit...

Ombre-d'un-Rêve prit le petit garçon et le serra contre sa poitrine naissante. A l'aveuglette, il chercha un sein.

– Tout plein de sommeil, murmura-t-elle en souriant entre le voile de ses cheveux. Non, je suis encore trop jeune et tu es déjà trop grand. Mais viens, quand tu te réveilleras à Carheddin sous la montagne, tu mangeras à ta faim.

– Yo-ah, souffla tout bas Ayoch. Elle rôde, elle a vu et entendu. Elle vient.

Il s'accroupit, les ailes repliées. Au bout d'un moment Mistherd s'agenouilla, puis Ombre-d'un-Rêve, mais sans lâcher l'enfant.

La haute silhouette de la Reine cacha les lunes. Pendant quelques instants, elle contempla le trio et son butin. Les murmures des collines et de la lande s'estompèrent à leurs oreilles, au point qu'ils crurent entendre le doux sifflement de la lumière boréale.

Enfin Ayoch chuchota :

– Ai-je bien agi, Mère-Etoile?

– Si tu as volé le bébé dans un camp plein de machines, répondit la voix merveilleuse, alors c'étaient des gens du sud lointain qui ne le supporteront pas aussi humblement que des hommes-liges.

– Mais que peuvent-ils faire, Dame-des-Neiges? demanda le pook. Comment pourraient-ils nous traquer?

Mistherd releva la tête et parla fièrement :

– Et puis, maintenant, eux aussi vont nous craindre.

– Et il est si mignon, dit Ombre-d'un-Rêve. N'avons-nous pas besoin de bien d'autres comme lui, Dame-du-Ciel?

– Cela devait arriver au crépuscule, reconnut celle qui planait au-dessus d'eux. Emmenez-le et occupez-vous de lui. Par ce signe (qu'elle fit), il est réclamé pour les Habitants.

Leur joie déborda. Ayoch gambada et bondit vers un tremble. Puis il escalada le tronc et courut sur une branche où il se percha, à demi caché par le pâle feuillage agité, et chanta. Le garçon et la fille portèrent l'enfant vers Carheddin, en courant avec légèreté sans cesser de jouer du pipeau et de chanter :

« Wahaii, wahaii!
Wayala, laii!
Aile sur le vent
là-haut dans le ciel,
pousse ton cri aigu,
vole avec les lances de pluie,
cabriole dans le tumulte,

plane vers les arbres givrés de lune et les ombres
lourdes de rêves au-dessous,
balance-toi et ne fais qu'un avec les vaguelettes
des lacs où se noient les rayons d'étoiles. »

En entrant, Barbro Cullen, malgré toute sa douleur et sa rage, se sentit découragée. Un grand désordre régnait dans la pièce. Des revues, des bandes magnétiques, des rouleaux, des codes, des fichiers, des papiers griffonnés s'entassaient sur toutes les tables. De la poussière recouvrait les étagères et s'amassait dans les coins. Contre un mur s'alignait tout un matériel de laboratoire, des microscopes, des équipements analytiques. Elle admit que ces instruments devaient être efficaces mais ce n'était pas ce que l'on s'attendait à trouver dans un bureau et il s'en dégageait un vague relent chimique. Le tapis était élimé, le mobilier vétuste.

C'était donc sa dernière chance?

Puis Eric Sherrinford s'avança.

– Bonjour, Mrs Cullen.

Le ton était vif, la poignée de main ferme. Elle n'était pas gênée par sa combinaison délavée. Elle-même ne se souciait guère de son propre aspect, sauf dans les grandes occasions. (Et y en aurait-il jamais, à moins qu'elle retrouve Jimmy?) Ce qu'elle observait, c'était une propreté personnelle de chat.

Il sourit et des pattes-d'oie se déployèrent au coin de ses yeux.

– Pardonnez mon désordre de célibataire. Sur Beowulf nous étions très bien équipés pour ce genre de travaux, alors je n'ai jamais pris l'habitude du rangement et je ne veux pas qu'un serviteur déplace mes instruments. Je trouve plus commode de travailler dans mon appartement, plutôt que d'avoir un bureau séparé. Voulez-vous vous asseoir?

– Non, merci. Je ne pourrais pas, bredouilla-t-elle.

– Je comprends. Mais si vous le permettez, je fonctionne mieux quand je puis me détendre.

Il se replia dans un fauteuil, une longue jambe croisée sur l'autre genou. Barbro se demanda pourquoi il prenait son tabac d'une manière si désuète. Ne disait-on pas que Beowulf possédait le matériel moderne qu'ils n'avaient pas encore les moyens de se permettre sur Roland? Bien sûr, les vieilles coutumes ont la vie dure. Elle se souvint d'avoir lu que c'était souvent le cas dans les colonies. Les gens étaient partis vers les étoiles dans l'espoir de conserver des choses aussi dépassées que leur langue maternelle, leur gouvernement constitutionnel ou la civilisation technico-rationnelle...

Sherrinford l'arracha au trouble de sa lassitude :

– Vous devez me donner les détails de votre affaire, Mrs Cullen. Vous m'avez simplement dit que votre fils avait été enlevé et que votre police locale n'avait rien fait. A part cela, je ne connais que quelques faits évidents, par exemple que vous êtes veuve et non divorcée; que vous êtes la fille d'exo-paysans de la Terre Olga Ivanoff qui sont néanmoins restés en télécommunication étroite avec Christmas Landing, que vous êtes diplômée en biologie et que vous avez interrompu plusieurs années vos travaux de recherche, avant de les reprendre récemment.

Elle regarda, bouche bée, la physionomie émaciée, les pommettes saillantes, le nez busqué, les cheveux noirs et les yeux gris. Il battit son briquet et une flamme parut emplir la pièce. Le silence régnait sur cette hauteur dominant la ville et le crépuscule d'hiver s'insinuait par la fenêtre.

– Au nom du cosmos, comment savez-vous tout cela? s'exclama-t-elle.

Il haussa les épaules et prit l'attitude doctorale qui faisait sa réputation.

– Mon travail exige que je remarque les détails et que je les assemble. Sur Roland, depuis plus de cent ans, les gens ont tendance à se grouper selon leurs origines et leurs formes de pensée, et ont cultivé des accents régionaux. Vous présentez une trace du grasseyement d'Olga mais vous nasalisez vos voyelles comme dans cette région, bien que vous viviez à Portolondon. Cela révèle une scolarité enfantine dans le dialecte métropolitain. Vous m'avez dit que vous participiez à l'expédition de Matsuyama et que vous avez emmené votre petit garçon. Ils ne l'auraient pas permis à n'importe quel technicien. Par conséquent, vous deviez être assez précieuse pour qu'on ferme les yeux. L'équipe se livrait à des recherches écologiques; donc vous devez vous occuper de sciences de la vie. Pour la même raison, vous avez eu une expérience sur le terrain. Mais votre peau est claire, elle n'a pas été tannée par une exposition prolongée au soleil. En conséquence, vous devez être restée à l'intérieur, à l'abri, pendant assez longtemps avant de partir pour votre voyage malheureux. Quant au veuvage, vous ne m'avez pas parlé d'un mari mais vous avez eu dans votre vie un homme que vous estimiez au point que vous portez toujours l'alliance et la bague de fiançailles qu'il vous a données.

Elle sentit des larmes lui piquer les yeux et brouiller sa vue. Ces derniers mots lui rappelaient Tim, grand, jovial, doux et rieur. Elle fut obligée de se détourner.

– Oui, souffla-t-elle. Vous avez raison.

L'appartement occupait le sommet d'une colline au-dessus de Christmas Landing. Tout en bas, la ville étendait ses murs, ses toits, ses cheminées archaïques et ses rues faiblement éclairées, les feux follets des véhicules pilotés par des humains descendant vers la rade, vers la vaste Baie Venture, vers les bateaux naviguant vers les îles Sous-le-Soleil et les lointaines régions de l'océan Boréal qui étincelait comme du mercure aux derniers reflets de Charlemagne. Olivier montait rapidement dans le ciel, disque orange, large d'un degré; plus près du zénith, qu'il ne pourrait jamais atteindre, il brillerait comme de la glace. Aldo, de la moitié de sa taille apparente, n'était qu'un mince croissant près de Sirius, qui n'était pas loin de Sol si elle se souvenait bien, mais on ne pouvait voir Sol sans télescope...

– Oui, dit-elle, la gorge douloureuse, mon mari est mort depuis quatre ans. Je portais notre premier enfant quand il a été tué par une ruée de monocerus. Nous étions mariés depuis trois ans. Nous nous étions connus à l'université – les hors-castes du Central Scolaire ne peuvent fournir qu'une éducation de base, vous savez –, nous avons formé notre propre équipe pour effectuer des études écologiques sous contrat – vous savez, ce genre de questions : certaines régions peuvent-elles être colonisées tout en maintenant l'équilibre de la nature, quelles cultures peut-on y faire pousser, les risques... Bref, ensuite j'ai fait des travaux de laboratoire pour une coopérative poissonnière de Portolondon. Mais la monotonie, le... la claustrophobie... me rongeaient. Le Pr Matsuyama m'a offert un poste dans l'équipe qu'il organisait pour étudier la Terre du Commissaire Hauch. J'ai pensé, Dieu me pardonne, j'ai pensé que Jimmy... Tim voulait qu'on l'appelle James, quand les tests ont montré que ce serait un garçon, comme son père et à cause de " Timmy et Jimmy ", et... Ah, j'ai cru que Jimmy pourrait venir sans danger. Je ne pouvais supporter de le laisser pour des mois, à son âge. Nous pourrions nous assurer qu'il ne sortirait jamais du camp.

Et à l'intérieur, qu'aurait-il pu lui arriver de mal? Je n'ai jamais cru aux histoires d'Externes qui volent des enfants humains. Je pensais que les parents se dissimulaient ainsi leur négligence mais qu'ils avaient laissé leurs enfants se perdre dans la forêt ou se faire attaquer par une meute de satans ou... Mais maintenant je sais, Mr Sherrinford. Les robots-gardiens ont été contournés, les chiens drogués et quand je me suis réveillée, Jimmy avait disparu.

Il la considéra à travers la fumée de sa pipe. Barbro Engdahl Cullen était une forte femme d'une trentaine d'années (des années rolandiques, se rappela-t-il, quatre-vingt-quinze pour cent des terrestres, différentes des années de Beowulf), aux larges épaules, aux longues jambes, aux seins généreux, à la démarche souple; elle avait une figure large, un nez droit, des yeux noisette au regard franc, une bouche charnue expressive, des cheveux châtain-roux coupés court, une voix un peu rauque; elle était vêtue d'une robe de ville très simple. Pour tenter de la calmer, il demanda sur un ton sceptique :

– Croyez-vous maintenant aux Externes?

– Non, mais j'en suis moins sûre que je ne l'étais. Et nous en avons trouvé des traces.

Il hocha la tête.

– Des fragments de fossiles. Quelques objets façonnés d'un genre néolithique. Mais apparemment anciens, comme si leurs artisans étaient morts depuis des millénaires. Des recherches intensives n'ont pas permis de découvrir de véritables preuves de leur survie.

– Comment des recherches pourraient-elles être intensives dans cette région sauvage, orageuse en été et sombre en hiver, autour du pôle Nord? demanda-t-elle. Alors que nous sommes – combien?

– un million d'habitants sur toute la planète et la moitié d'entre nous entassés dans cette unique ville ?

– Et le reste sur cet unique continent habitable, fit-il observer.

– L'Arctica s'étend sur cinq millions de kilomètres carrés, rétorqua-t-elle. La zone arctique proprement dite en couvre un quart. Nous n'avons pas de base industrielle pour établir des stations satellites d'observation, pour construire des avions que nous pourrions envoyer sans danger dans ces régions, pour construire des routes dans les terres obscures, y établir des baies permanentes, apprendre à les connaître et à les coloniser. Seigneur, des générations d'aventuriers solitaires ont raconté des histoires de Mantegrise et la bête n'a jamais été vue par un véritable savant avant l'année dernière !

– Malgré tout, vous continuez à douter de la réalité des Externes ?

– Ma foi, que diriez-vous d'un culte secret issu de l'isolement et de l'ignorance d'hommes cachés dans la région désertique, et qui voleraient des enfants pour... (Elle soupira et baissa la tête en murmurant :) Mais c'est vous l'expert.

– D'après ce que vous m'avez dit au visiphone, la police de Portolondon a mis en doute l'authenticité du rapport de votre groupe, elle pense que vous êtes tous hystériques, que vous avez dû négliger des précautions élémentaires et que l'enfant a dû partir tout seul et se perdre.

Ces mots secs la firent frémir d'horreur. Rouge de colère, elle lança :

– Comme n'importe quel gosse de colon ? Non. Je ne me suis pas contentée de crier. J'ai consulté les Données de Récupération. Trop de ces cas ont été enregistrés pour que l'accident soit une explication très plausible. Et devons-nous ignorer totalement les histoires effrayantes de réapparitions? Mais quand je suis retournée à la police avec mes faits précis, elle m'a évincée. Je soupçonne que ce n'est pas seulement parce qu'elle manque d'effectifs. Je crois qu'elle a peur, aussi. On recrute des garçons de la campagne, et Portolondon se trouve au bord de l'inconnu. Roland n'a pas de forces de police centrales, acheva-t-elle tristement, toute énergie perdue. Vous êtes mon dernier espoir.

La fumée exhalée par l'homme se mêla au crépuscule. Il demanda d'une voix plus douce :

– Je vous en prie, Mrs Cullen, n'espérez pas trop de moi. Je suis l'unique enquêteur privé de ce monde, je n'ai pas d'autre ressource que moi-même et, de plus, je suis un nouveau venu.

– Depuis combien de temps êtes-vous ici?

– Douze ans. A peine le temps de me familiariser un peu avec les régions côtières relativement civilisées. Les colons comme vous, ici depuis un siècle ou plus... que savez-vous, vous-même, de l'intérieur d'Arctica? J'accepte de me charger de l'affaire, dit Sherrinford en soupirant, surtout à la condition que vous soyez mon guide et mon assistante, même si cela doit vous être douloureux.

– Naturellement! Je redoutais d'attendre sans rien faire. Mais pourquoi moi?

– Le prix serait prohibitif, pour engager une autre personne aussi bien qualifiée sur une planète pionnière où chacun a mille tâches urgentes à accomplir. Et puis, vous avez un mobile. Et j'ai besoin de cela. Moi, qui suis né sur un autre monde absolument étranger à celui-ci et aussi à la Terre-Mère, je n'ai que trop conscience de nos handicaps.

La nuit tombait sur Christmas Landing. L'air resta doux mais les brillantes écharpes de brume se glissant dans les rues avaient un aspect froid, et plus froide encore était l'aurore boréale frémissant entre les lunes. La femme se rapprocha de l'homme dans la pièce assombrie, sans même s'en apercevoir avant qu'il allume le luminocadre. Tous deux avaient conscience de la solitude de Roland.

Une année-lumière n'est pas tellement énorme, pour une distance galactique. On pourrait la parcourir à pied en 270 millions d'années environ, en commençant au milieu de l'ère permienne, alors que les dinosaures appartiennent au lointain avenir, en continuant jusqu'à l'époque actuelle où les vaisseaux spatiaux franchissent des distances encore plus grandes. Mais dans notre voisinage, les étoiles sont en moyenne à quelque neuf années-lumière les unes des autres, à peine un pour cent d'entre elles ont des planètes habitables par l'homme et les vitesses sont inférieures à celle de la radiation. La contraction du temps relatif et l'animation suspendue sont de peu de secours, pendant le voyage. Elles permettent à ces voyages de paraître courts mais, pendant ce temps, l'histoire ne s'arrête pas.

Ainsi, les voyages de soleil en soleil seront toujours rares. Les colons seront ceux qui ont des raisons tout à fait particulières de partir. Ils emporteront du bouillon de culture pour la production exogénétique de plantes et d'animaux domestiques, et de bébés humains afin que la population se multiplie assez vite pour échapper à la disparition par épuisement génétique. Après tout, ils ne peuvent compter sur une immigration ultérieure. Il se peut que, deux ou trois fois par siècle, un vaisseau vienne d'une autre colonie. (Pas de la Terre. Il y a longtemps que la Terre a été engloutie par des intérêts étrangers.) Son lieu d'origine est un établissement ancien. Les plus récents ne sont pas en mesure de construire et de piloter des vaisseaux interstellaires.

Leur survie même, sans parler de leur modernisation éventuelle, est douteuse. Les pères fondateurs ont dû prendre ce qu'ils ont pu trouver, dans un univers pas spécialement conçu pour l'homme.

Prenez par exemple Roland. C'est une des rares découvertes heureuses, un monde où les humains peuvent vivre, respirer, se nourrir, se désaltérer, se promener tout nus s'ils le veulent, semer leurs récoltes, faire paître leurs bêtes, creuser des mines, bâtir des maisons, élever leurs enfants et leurs petits-enfants. Cela vaut la peine de franchir les trois quarts d'un siècle-lumière pour préserver certaines valeurs chères et planter des racines nouvelles dans la terre de Roland.

Mais l'étoile Charlemagne est du type F9, quarante fois plus brillante que Sol, plus brillante encore dans les traîtres ultra-violets et plus sauvage encore dans le vent de particules chargées qui en émanent. La planète a une orbite excentrique. Au milieu de l'été nordique, bref mais furieux, qui comprend le périastron, l'insolation totale est deux fois plus importante que celle de la Terre; au plus profond de l'hiver interminable du nord, elle est à peine au-dessous de la moyenne terrestre.

La vie indigène abonde partout. Mais l'homme, ne jouissant pas d'une mécanisation poussée, économiquement contraint à n'équiper que quelques spécialistes, peut à peine supporter les hautes latitudes. Une inclinaison axiale de dix degrés s'ajoutant à l'orbite signifie que la partie septentrionale du continent arctique passe la moitié de l'année dans un perpétuel crépuscule. Autour du pôle Sud s'étend un océan désert.

D'autres différences avec la Terre peuvent, à première vue, paraître plus importantes. Roland a deux lunes, petites mais rapprochées, provoquant de violentes marées contraires. Elle tourne sur elle-même en trente-deux heures, ce qui est très long et perturbe subtilement des organismes développés au cours de giga-années sur un rythme plus rapide. Les climats n'ont rien de terrestre. Le globe n'a que 9500 kilomètres de diamètre; sa gravité en surface est de 0,42x980 cm/sec^2; au niveau de la mer, la pression atmosphérique est légèrement au-dessus d'une atmosphère terrestre. (Car, en réalité, le phénomène c'est la Terre, et l'homme n'existe qu'à la suite d'un accident cosmique qui a emporté la majorité des gaz qu'un corps céleste de cette taille aurait dû conserver, comme l'a fait Vénus.)

Cependant, l'*Homo* peut véritablement être qualifié de *sapiens* quand il exerce sa spécialité, qui est de ne pas être spécialisé. Ses tentatives répétées pour se figer en un schéma ayant réponse à tout, ou une culture, une idéologie ou ce que l'on veut, n'ont jamais abouti qu'à la ruine. Si on lui confie la tâche pragmatique de gagner sa vie, il s'en tire généralement assez bien. Il s'adapte, dans une très large mesure.

Ses limites sont imposées par des facteurs comme son besoin de soleil et le fait qu'il soit, nécessairement et à jamais, une partie de la vie qui l'entoure et une créature de l'esprit.

Les docks, les jetées, les bateaux, les entrepôts, les installations portuaires de Portolondon s'avançaient dans le golfe de Polaris. Derrière le port se massaient les demeures de ses 5000 habitants permanents : murs de béton, volets contre les tempêtes, hauts toits de tuiles pointus. La gaieté de leur peinture paraissait triste sous les lampes; cette ville était au delà du cercle arctique.

Néanmoins, Sherrinford observa :

– Une ville pimpante, n'est-ce pas? C'est un peu ce que je suis venu chercher sur Roland.

Barbro ne répondit pas. Les journées passées à Christmas Landing, en attendant qu'il se prépare, l'avaient privée de forces. En regardant par la coupole du taxi qui les transportait dans le centre, de l'hydrofoil qui les avait amenés, elle pensa qu'il voulait parler de la luxuriance de la forêt et des prés bordant la route, des vives couleurs et de la phosphorescence des fleurs dans les jardins, du tumulte des ailes au-dessus d'eux. Contrairement à la flore terrestre des climats froids, la végétation arctique passe chaque heure de jour à pousser frénétiquement et à emmagasiner de l'énergie. C'est uniquement quand la fièvre de l'été fait place à la douceur de l'hiver qu'elle fleurit et porte ses fruits; alors, aussi, les animaux en estivation sortent de leurs repaires et les oiseaux migrateurs reviennent.

Elle devait reconnaître que le paysage était ravissant; au delà des arbres une vaste étendue grimpait vers de lointaines hauteurs, argentée au clair de lune, sous une aurore boréale, l'irradiation diffuse du soleil juste au-dessous de l'horizon.

Beau comme un satan en chasse, se dit-elle, et aussi terrible. Ce désert sauvage lui avait volé Jimmy. Elle se demanda si elle pourrait au moins retrouver ses petits ossements et les rapporter à son père.

Brusquement, elle s'aperçut que Sherrinford et elle étaient arrivés à leur hôtel et qu'il lui parlait de la ville. Comme c'était la plus importante, après la capitale, il avait déjà dû y venir souvent. Les rues étaient bruyantes et animées; des enseignes clignotaient, de la musique jaillissait des boutiques, des tavernes, des restaurants, des centres sportifs, des dancings; des véhicules se traînaient dans les encombrements; les immeubles de bureaux à plusieurs étages brillaient de toutes leurs lumières.

Portolondon reliait un gigantesque arrière-pays au monde extérieur. Le long du fleuve Gloria arrivaient des péniches de bois, de minerai, de récoltes que les fermiers arrachaient péniblement à la nature rolandique, de viande, d'ivoire et de fourrures expédiés par les trappeurs chassant dans les montagnes au delà du Pic Troll. De la mer venaient des cargos, la flottille de pêche, des produits des îles Sous-le-Soleil, le butin de continents entiers plus au sud, où s'aventuraient des audacieux. Tout cela grouillait à Portolondon, riait, fanfaronnait, complotait, trafiquait, volait, prêchait, bâfrait, buvait, travaillait, rêvait, convoitait, détruisait, mourait; on naissait, on était heureux, furieux, triste, cupide, vulgaire, aimant, ambitieux, humain. Ni l'éclat du soleil ailleurs, ni les six mois de crépuscule là – et la nuit totale vers la mi-hiver –, ne pouvaient retenir la main de l'homme.

Du moins tout le monde le disait.

Tout le monde sauf ceux qui s'étaient établis dans les terres obscures. Barbro avait trouvé normal qu'ils eussent de curieuses coutumes, des légendes, des superstitions qui mourraient quand l'exopays aurait été complètement exploré et contrôlé. Depuis quelque temps, elle s'interrogeait. Peut-être était-ce à cause des allusions de Sherrinford sur un changement de sa propre attitude provoqué par ses recherches préliminaires...

Ou peut-être avait-elle simplement besoin de penser à autre chose qu'à Jimmy qui, la veille de sa disparition, alors qu'elle lui demandait s'il voulait du pain de seigle ou de la baguette française pour son sandwich, avait répondu très gravement – car il commençait à s'intéresser à l'alphabet – : « Je veux une tranche de ce que nous autres appelons le pain F. »

Elle descendit du taxi, s'inscrivit, se laissa conduire dans une chambre au mobilier primitif, presque sans s'en apercevoir. Mais après avoir défait ses bagages, elle se souvint que Sherrinford avait suggéré un entretien confidentiel. Elle alla frapper à sa porte, dans le même couloir. Les coups de ses phalanges lui parurent moins bruyants que les battements de son cœur.

Il ouvrit, un doigt sur les lèvres, et lui fit signe de se glisser dans un coin. Elle allait se formaliser quand elle reconnut au visiphone l'image du chef de la police Dawson. Sherrinford avait dû l'appeler et il avait sûrement une raison pour la maintenir hors du champ. Elle trouva un fauteuil et s'assit, les ongles enfoncés dans ses genoux.

La haute silhouette du détective se replia dans le fauteuil.

– Pardonnez l'interruption, dit-il. Quelqu'un qui se trompait de chambre. Un ivrogne, apparemment.

Dawson rit tout bas.

– Ce n'est pas ça qui manque.

Barbro se souvint que l'homme aimait bavarder. Il tirailla la barbe qu'il arborait comme s'il était un exopaysan, et non un citadin.

– Ils ne font guère de mal, en général. Ils ont simplement un trop grand voltage à décharger, après des semaines ou des mois dans l'arrière-pays.

– Il paraît que cet environnement – étranger par un million d'aspects majeurs et mineurs à celui qui a créé l'homme – modifie curieusement les personnalités, dit Sherrinford – et il s'interrompit pour bourrer sa pipe. Naturellement, vous savez que ma pratique se limite aux régions urbaines et suburbaines. Les confins isolés ont rarement besoin d'enquêteurs privés. Il semble à présent que la situation ait changé. Je vous ai appelé pour vous demander conseil.

– Heureux de vous rendre service, répondit Dawson. Je n'ai pas oublié ce que vous avez fait pour nous dans l'affaire du crime De Tahoe. (Prudemment :) Mais il vaut mieux que vous expliquiez votre problème d'abord.

Sherrinford alluma sa pipe. L'odeur de la fumée trancha dans les vertes senteurs – même là, à deux kilomètres des bois les plus proches – qui montaient dans le grondement de la circulation par une fenêtre crépusculaire.

– Il s'agit plus d'une mission scientifique que de la recherche d'un créancier indélicat ou d'un espion industriel, dit-il lentement. J'étudie deux possibilités : qu'une organisation, criminelle, religieuse ou autre, est active depuis longtemps et vole de jeunes enfants; ou que les Externes du folklore existent vraiment.

Sur la figure de Dawson, Barbro vit autant de détresse que de surprise.

– Hein? Vous ne parlez pas sérieusement!

– Croyez-vous? murmura Sherrinford en souriant. Les rapports de plusieurs générations ne peuvent être écartés d'emblée. Surtout pas quand ils deviennent avec le temps plus fréquents et plus cohérents. Pas plus que nous ne pouvons ignorer les documents sur les disparitions de bébés et de petits enfants, plus d'une centaine maintenant, sans qu'on ne découvre jamais la moindre trace. Encore moins les découvertes démontrant qu'une espèce intelligente a jadis habité Arctica et peut encore aujourd'hui rôder à l'intérieur.

Dawson se pencha en avant comme s'il voulait sortir de l'écran.

– Qui vous a engagé? demanda-t-il. Cette Mrs Cullen? Nous la plaignons, naturellement, mais ce qu'elle disait n'avait pas de sens et quand elle est devenue carrément insultante...

– Ses compagnons, des savants réputés, n'ont-ils pas confirmé son récit?

– Il n'y a pas de récit à confirmer. Ecoutez, ils avaient entouré leur camp de détecteurs et de systèmes d'alarme et ils avaient des mastiffs. La procédure normale dans un pays où pourrait surgir un sauroïde affamé ou je ne sais quoi. Rien ne pouvait entrer à leur insu.

– Au sol. Mais quelqu'un tombant du ciel au milieu du camp?

– Un homme héliporté aurait réveillé tout le monde.

– Une créature ailée pourrait être plus silencieuse.

– Un être vivant volant capable de soulever un enfant de trois ans? Ça n'existe pas.

– Pas dans la littérature scientifique, vous voulez dire. Rappelez-vous Mantegrise; rappelez-vous combien nous savons peu de choses de Roland, une planète, un monde entier. De tels oiseaux existent sur Beowulf, et sur Rustum à ce que j'ai lu. J'ai fait un calcul d'après le rapport de la densité locale de l'air à la gravité, et c'est possible ici aussi, oui. L'enfant pourrait avoir été transporté sur une courte distance avant que les muscles des ailes s'épuisent et que la créature soit obligée de se poser.

Dawson renifla bruyamment.

– D'abord elle s'est posée et elle est entrée sous la tente où l'enfant et sa mère dormaient. Et puis elle est partie en marchant, en le portant une fois qu'elle n'a plus pu voler. Est-ce que ça a l'air d'un oiseau de proie? Et la victime n'a pas crié, les chiens n'ont pas aboyé, rien?

– A vrai dire, murmura Sherrinford, ces contradictions sont ce qu'il y a de plus intéressant et de plus convaincant dans toute l'histoire. Vous avez raison, il est difficile de comprendre comment un ravisseur humain a pu entrer sans être détecté et une créature comme un aigle n'agirait pas de cette façon. Mais rien de tout cela ne s'applique à un être ailé intelligent. Le garçon a pu être drogué. Il est certain que les chiens ont donné l'impression de l'avoir été.

– Les chiens ont donné l'impression d'avoir trop dormi. Rien ne les a dérangés. Le gosse qui passerait près d'eux ne les troublerait pas. Nous n'avons rien à supposer sinon que, premièrement, il a eu envie de se promener et, deuxièmement, les systèmes d'alarme ont été plutôt mal bricolés – vu que l'on ne s'attendait pas à un danger à l'intérieur du camp – et l'ont laissé passer. Et, troisièmement, ça me fait peine de dire ça, nous devons supposer que le pauvre petit est mort de faim ou a été tué... Si nous avions plus de personnel, nous aurions pu consacrer plus de temps à l'affaire. Et nous l'aurions fait, bien sûr. Nous avons bien effectué une reconnaissance aérienne, en risquant la vie des pilotes, à l'aide d'instruments qui auraient détecté le gosse n'importe où dans un rayon de cinquante kilomètres, à moins qu'il ne soit mort. Vous connaissez la sensibilité des analyseurs thermiques. Nous n'avons strictement rien trouvé. Nous avons des choses plus importantes à faire que de chercher les morceaux épars d'un cadavre. Si Mrs Cullen vous a engagé, le meilleur conseil que je puisse vous donner, c'est de trouver un prétexte pour laisser tomber. Ça vaudra mieux pour elle aussi. Il faudra bien qu'elle s'habitue à la réalité.

Barbro se mordit la langue pour étouffer un cri.

– Oh, il ne s'agit là que de la dernière disparition de la série, dit Sherrinford.

Elle se demanda comment il pouvait parler avec

tant de désinvolture alors que Jimmy était perdu.

– Plus consciencieusement documentée que toutes les précédentes et par conséquent plus suggestive. En général, une famille d'exopaysans fait un récit larmoyant mais pas détaillé de la disparition de son enfant, qui a dû être enlevé par l'Ancien Peuple. Parfois, des années après, ces gens racontent qu'ils ont aperçu leur enfant grandi, plus du tout humain, voletant dans l'ombre, regardant par une fenêtre ou leur jouant de mauvais tours. Comme vous dites, ni les autorités ni les savants ne possèdent le personnel ou les ressources nécessaires à une enquête approfondie. Mais moi, je dis que l'affaire mérite d'être étudiée. Un particulier comme moi peut sans doute apporter sa contribution.

– Ecoutez, la plupart de nos policiers ont grandi dans l'exopays. Nous n'y effectuons pas seulement des patrouilles, nous ne répondons pas seulement à des appels au secours, nous y retournons en vacances ou pour des réunions. Si une bande de... de sacrificateurs humains existait dans le coin, nous le saurions.

– Je le comprends. Je comprends aussi que le milieu d'où vous venez croit fermement et depuis longtemps à des êtres non-humains aux pouvoirs surnaturels. Beaucoup vont jusqu'à procéder à des rites et à faire des offrandes pour se les concilier.

– Je sais où vous voulez en venir, gronda Dawson. J'ai déjà entendu tout ça, de la bouche d'une centaine d'amateurs de sensationnel. Les aborigènes sont les Externes. Je n'aurais pas cru ça de vous. Vous avez sûrement visité un ou deux musées, vous avez sûrement lu la littérature de planètes qui ont des indigènes, elles, ou alors, bon sang de sacré nom, qu'est-ce que vous avez fait de votre logique? Réfléchissez! s'exclama-t-il en agitant un index. Qu'est-ce que nous avons découvert? Quelques morceaux de pierre travaillée, quelques mégalithes qui pourraient être artificiels, des égratignures sur de la roche qui ont l'air de représenter des plantes et des animaux mais comme une culture humaine ne les aurait jamais représentés, des traces de feux et d'ossements, d'autres fragments d'os qui semblent avoir appartenu à des créatures pensantes. Mais dans ce cas, leurs propriétaires ne ressemblaient en rien à des hommes. Ni à des anges, d'ailleurs. Rien! La reconstitution la plus anthropoïde que j'aie vue représente une espèce de crocogator à deux jambes. Non, attendez, laissez-moi finir. Les histoires des Externes, oh je les ai entendues aussi, il y en a tant! J'y croyais quand j'étais gosse... Ces histoires parlent de différentes espèces, de certaines créatures ailées, d'autres non, certaines à demi humaines, d'autres complètement humaines sinon peut-être que ces êtres sont trop beaux. C'est le pays des fées de l'ancienne Terre qui recommence. Non? Je m'y suis intéressé un jour et j'ai fouillé dans les microdossiers de la Bibliothèque de l'Héritage, et du diable si je n'ai pas découvert presque les mêmes histoires, racontées par les paysans des siècles avant les vols spatiaux. Rien de cela ne concorde avec les maigres reliques que nous avons, si ce sont des vestiges, ni avec le fait qu'aucune région de la taille d'Arctica ne peut avoir donné naissance à une douzaine d'espèces intelligentes différentes, ni... feu d'enfer, l'ami, ni avec ce que votre bon sens vous dit du comportement des aborigènes à l'arrivée des humains!

Sherrinford hocha la tête.

– Oui, oui. Je suis moins sûr que vous que le bon sens d'êtres non-humains serait précisément comme le nôtre. J'ai vu tant de variantes dans l'humanité! Mais je reconnais la force de vos arguments. Les trop rares savants de Roland ont des tâches plus pressantes que de rechercher les origines de ce qui n'est, comme vous dites, qu'une superstition médiévale retrouvée. (Il prit entre ses mains le fourneau de sa pipe et contempla les minuscules braises.) Ce qui m'intéresse sans doute le plus, murmura-t-il, c'est pourquoi... à travers l'abîme des siècles, à travers le barrage d'une civilisation mécanisée et d'une conception du monde totalement antagoniste, sans la moindre continuité de tradition... pourquoi des colons endurcis, technologiquement organisés, raisonnablement instruits sont venus ici exhumer du tombeau une croyance au Peuple Ancien.

– Je suppose qu'éventuellement, si jamais l'Université crée le département de psychologie dont il est tant question, je suppose qu'un jour quelqu'un tirera une thèse de cette question.

Dawson parlait d'une voix saccadée et il sursauta quand Sherrinford répliqua :

– Je me propose de commencer maintenant. Dans la Terre du commissaire Hauch, puisque c'est là qu'a eu lieu le dernier incident. Où puis-je louer un véhicule?

– Euh... ce sera peut-être difficile...

– Allons, allons! Pied-tendre ou non, je ne suis pas naïf. Dans une économie de pénurie, peu de gens possèdent du matériel lourd. Mais puisqu'il est nécessaire, il peut toujours être loué. Je veux un camping-car tout terrain. Et je veux qu'on y installe le matériel que j'ai apporté, et la section supérieure sera remplacée par une tourelle de canon contrôlable du siège du conducteur. Mais je fournirai les armes. En plus de mes propres fusils et pistolets, je me suis arrangé pour emprunter de l'artillerie à l'arsenal de la police de Christmas Landing.

– Holà! Vous voulez vraiment partir en guerre... contre un mythe?

– Disons que c'est une police d'assurance, pas tellement coûteuse, contre une lointaine possibilité. En plus du car, que diriez-vous d'un aéronef léger porté sur le toit, pour les reconnaissances?

– Non, déclara plus catégoriquement Dawson. C'est aller au-devant du désastre. Nous pouvons vous faire transporter par avion à un camp de base, par un gros appareil, quand la météo le permettra. Mais le pilote devra revenir immédiatement, avant que le temps ne redevienne mauvais. La météorologie est sous-développée sur Roland, les vents sont particulièrement traîtres en cette saison et nous ne sommes pas outillés pour produire des avions capables de faire face à n'importe quelle surprise... Avez-vous la moindre idée de la rapidité d'un tourbillon, ou de la taille des grêlons qui peuvent tomber d'un ciel clair ou... Une fois là-bas, mon vieux, vous restez au sol. (Il hésita.) Cela explique en grande partie la pauvreté de nos renseignements sur l'exopays et l'isolement des colons.

Sherrinford rit amèrement.

– Ma foi, si ce sont des détails que je cherche, je suppose que je serai obligé de ramper de toute façon.

– Vous allez perdre beaucoup de temps. Sans parler de l'argent de votre cliente. Ecoutez, je ne peux pas vous interdire de courir après des ombres mais...

La discussion dura près d'une heure. Quand l'écran s'éteignit enfin, Sherrinford se leva et s'approcha de Barbro. Elle remarqua encore une fois sa singulière démarche. Il venait d'une planète dont la gravitation était supérieure de 25 pour cent à celle de la Terre, pour trouver sur une autre une pesanteur inférieure de 50 pour cent à celle qui s'exerçait sur les Terriens. Elle se demanda s'il rêvait qu'il volait.

– Pardonnez-moi de vous avoir écartée comme ça, dit-il. Je ne m'attendais pas à le toucher immédiatement. Il a raison, il est très occupé. Ayant pris contact, je ne voulais pas trop vous rappeler à son souvenir. Il peut négliger mon projet, le considérer comme une fantaisie futile à laquelle je renoncerai bientôt. Mais il aurait pu se figer complètement, il aurait même pu dresser des obstacles devant nous s'il avait compris, par vous, la force de notre résolution.

– Qu'est-ce que ça peut lui faire? demanda-t-elle avec une grande amertume.

– La peur (et elle est pire parce qu'inavouée) des conséquences – d'autant plus terrifiantes qu'elles sont imprévisibles...

Le regard de Sherrinford se tourna vers l'écran et de là, par la fenêtre, vers l'aurore boréale palpitant dans l'immensité des cieux, dans sa glaciale blancheur bleutée.

– Vous avez dû voir que je m'adressais à un homme effrayé. Tout au fond, sous ses railleries et ses conventions, il croit aux Externes... oh oui, il y croit!

Les pieds de Mistherd volaient sur la yerba et les herbes folles emportées par le vent. A côté de lui, noir et difforme, avançait la masse de Nagrim le nicor dont le poids sismique laissait un sillage de plantes écrasées. Derrière eux, les fleurs lumineuses d'une épine-de-feu brillaient à travers les contours mouvants de Morgarel le spectre.

Par là, Cloudmoor s'élevait en un moutonnement de collines et de taillis. L'air était calme, apportant de temps en temps le lointain hurlement d'une bête. Il faisait plus sombre que d'ordinaire à la naissance de l'hiver, les lunes étant couchées et l'aurore boréale un faible scintillement au-dessus des montagnes du bord septentrional du monde. Mais cela avivait les étoiles dont le nombre emplissait les cieux; la Route Fantôme luisait parmi elles comme si, semblable au feuillage, elle était pavée de rosée.

– Là-bas! beugla Nagrim.

Ses quatre bras pointèrent. Le groupe était arrivé au sommet d'une crête. Au loin scintillait une étincelle.

– Houah, houah! Allons-nous tout droit les écraser tout plat ou les cueillir tout lent en pièces?

La réponse de Morgarel s'insinua dans leur tête : *Nous ne ferons rien de tel, crânecreux. A moins qu'ils ne nous attaquent – et ils n'attaqueront pas à moins que nous ne les rendions conscients de nous – et elle a ordonné de les épier pour connaître leurs desseins.*

– Gr-r-oum-n-oum-m. Dessein je connais. Couper arbres, fourrer charrues dans la terre, semer maudites graines dans les mottes. Moins de les pousser dans l'eau amère et bientôt, bientôt, seront trop forts pour nous.

– Pas trop forts pour la Reine! protesta Mistherd, choqué.

Cependant, il semble qu'ils aient de nouveaux pouvoirs, lui rappela Morgarel. *Nous devons les sonder doucement.*

– Puis doucement, on peut marcher dessus? demanda Nagrim.

La question fit sourire Mistherd malgré son trouble. Il claqua le dos écailleux.

– Ne parle pas, toi! Ça me fait mal aux oreilles. Et ne pense pas; ça te fait mal à la tête. Viens, courons!

Calme-toi, gronda Morgarel. *Tu as trop de vitalité en toi, enfant d'humain.*

Mistherd fit une grimace au spectre mais il obéit, ralentissant et profitant du couvert qu'offrait la campagne. Car il voyageait pour la Plus Belle, pour apprendre ce qui amenait le couple de mortels dans ces parages.

Cherchaient-ils ce petit garçon qu'Ayoch avait volé? (Il continuait de pleurer sa mère, mais de moins en moins souvent, tant le fascinaient les merveilles de Carheddin.) Peut-être. Une machinoiseau les avait déposés avec leur voiture sur l'emplacement du camp abandonné, à partir duquel ils avaient suivi vers l'extérieur un chemin en spirale. Mais en ne trouvant aucune trace du petit dans un rayon raisonnable, ils n'avaient pas appelé pour être transportés chez eux. Et ce n'était pas parce que les intempéries interdisaient aux ondes-parlant-au-loin de voyager, comme c'était fréquemment le cas. Non. Le couple était parti vers les montagnes de Moonhorn. Leur route allait les faire passer au delà des rares établissements avancés des envahisseurs jusque dans les régions jamais foulées par leur race.

Ce n'était donc pas une exploration ordinaire. Alors que cherchaient-ils?

Mistherd comprenait maintenant pourquoi celle qui régnait avait fait apprendre, ou retenir, à ses enfants mortels adoptés la langue informe de leurs ancêtres. Il avait détesté ces leçons, si étrangères aux manières des Habitants. Naturellement, on obéissait et avec le temps on voyait combien elle avait été sage...

Bientôt, il laissa Nagrim derrière un rocher – le nicor ne serait utile que dans un combat – et rampa de buisson en buisson jusqu'à ce qu'il s'allonge à quelques longueurs des humains. Un arbre-de-pluie le dissimulait, ses feuilles douces sur sa peau nue, et le couvrait de son obscurité. Morgarel plana au sommet d'un tremble dont l'agitation cacherait mieux sa forme évanescente. Il ne serait pas d'un grand secours non plus. Et c'était ce qu'il y avait là de plus troublant, de plus inquiétant. Les spectres étaient de ceux qui peuvent non seulement capter et envoyer des pensées mais créer des illusions. Morgarel avait annoncé que cette fois son pouvoir semblait rebondir contre un mur froid invisible entourant la voiture.

A part cela, le mâle et la femelle n'avaient pas installé d'appareils gardiens et n'avaient pas de chiens. Sans doute pensaient-ils qu'ils n'en avaient pas besoin, puisqu'ils dormaient dans le long véhicule qui les transportait. Mais un tel mépris de la force de la Reine ne pouvait être toléré, tout de même!

Du métal luisait doucement à la lueur de leur feu de camp. Ils étaient assis face à face, enveloppés dans des manteaux pour se protéger d'une fraîcheur que Mistherd, nu, trouvait douce. Le mâle buvait de la fumée. La femelle regardait derrière lui dans un crépuscule qui, à ses yeux éblouis par les flammes, devait paraître ténébreux. La lumière dansante la mettait en relief. Oui, à en juger par le récit d'Ayoch, c'était la poulinière du nouveau petit.

Ayoch avait voulu venir aussi mais la Merveille le lui avait interdit. Les pooks ne pouvaient rester tranquilles assez longtemps pour une telle mission.

L'homme suçait sa pipe. Ses joues étaient ainsi aspirées dans l'ombre alors que la lumière dansait sur son nez et son front; il ressemblait de la sorte, de façon inquiétante, à un becaigu s'apprêtant à fondre sur sa proie.

– ... Non, je vous le répète, Barbro, je n'ai pas d'hypothèses, disait-il. Quand les faits sont insuffisants, les hypothèses sont, au mieux, ridicules, au pire elles vous égarent.

– Vous devez tout de même avoir une idée de ce que vous faites, répliqua-t-elle.

Il était évident qu'ils avaient souvent débattu de cela. Aucun Habitant ne serait aussi persévérant qu'elle ni aussi patient que lui.

– Ce matériel que vous avez apporté, cette génératrice que vous faites marcher constamment...

– J'ai une ou deux hypothèses de travail; elles m'ont suggéré ce que je devais emporter.

– Pourquoi ne voulez-vous pas me les dire?

– Par elles-mêmes, elles indiquent que ce ne serait peut-être pas prudent pour le moment. Je vais toujours à tâtons dans le labyrinthe. Et je n'ai pas encore eu l'occasion de tout rassembler. En réalité, nous sommes simplement protégés contre ce que l'on appelle une influence télépathique...

Elle sursauta.

– Quoi? Vous voulez dire... ces légendes qui prétendent qu'ils peuvent aussi lire dans les pensées...

Elle s'interrompit, laissant la phrase en suspens et son regard se perdit de nouveau dans le vague des ténèbres. Il se pencha vers elle, sa voix perdit sa rapidité sèche, devint douce et pressante.

– Barbro, vous vous faites du mal. Ce qui ne peut être d'aucun secours à Jimmy s'il est encore en vie, d'autant que vous risquez d'être fort utile plus tard. Nous avons un long voyage devant nous et il vaut mieux vous y faire.

Elle hocha la tête, d'un mouvement saccadé, et se mordit la lèvre avant de répondre :

– Je fais de mon mieux.

Il sourit autour de sa pipe.

– J'espère que vous réussirez. Vous ne me faites pas l'effet d'une personne qui abandonne, qui geint ou qui se complaît dans la souffrance.

Elle laissa tomber une main sur le pistolet à sa

ceinture. Sa voix changea; elle sortit de sa gorge comme un couteau d'un fourreau :

– Quand nous les trouverons, ils sauront ce que je suis. Ce que sont les humains.

– Chassez aussi la colère, conseilla l'homme. Nous ne pouvons nous permettre les émotions. Si les Externes existent, comme je le suppose provisoirement, ils luttent pour défendre leurs foyers... Il me plaît de penser que si les premiers explorateurs avaient trouvé des indigènes vivants, les hommes n'auraient pas eu à coloniser Roland. Mais c'est trop tard, maintenant. Nous ne pouvons pas retourner en arrière. C'est une lutte à mort, contre un ennemi si rusé qu'il nous a même caché qu'il nous fait la guerre.

– La fait-il? Je veux dire... rôde-t-il, en enlevant de temps en temps un enfant...

– Cela fait partie de mon hypothèse. Je soupçonne qu'il ne s'agit pas de harcèlement mais d'une tactique employée dans une stratégie redoutablement subtile.

Le feu crépita et fit jaillir des étincelles. L'homme fuma un moment, songeur, et puis il reprit :

– Je ne voulais pas vous donner trop d'espoir ni vous énerver outre mesure, alors que vous deviez m'attendre, d'abord à Christmas Landing puis à Portolondon. Ensuite, nous avons été trop occupés à nous assurer que Jimmy avait été transporté plus loin du camp qu'il n'aurait pu le faire seul avant de s'écrouler. Alors je vous dis seulement maintenant que j'ai étudié à fond toute la documentation disponible sur les... sur le Peuple Ancien. Je l'ai fait au début pour éliminer toutes les possibilités imaginables, même les plus absurdes. Je n'attendais pas d'autre résultat qu'une réfutation définitive. Mais j'ai quand même tout examiné, tout trié, les vestiges, les analyses, les rapports, les articles de journaux, les monographies; j'ai parlé à des exopaysans qui passaient en ville et aux quelques savants qui se sont intéressés à la question. Je lis et j'apprends vite. Je me flatte d'être devenu aussi expert que n'importe qui, encore que, Dieu sait, il n'y a guère de quoi être expert. De plus, je suis relativement un étranger, ici, ce qui me permet de considérer le problème d'un œil neuf. Et un schéma a émergé.

» Si les aborigènes ont disparu, pourquoi n'ont-ils pas laissé plus de vestiges? Arctica n'est pas immense; et c'est fertile, pour la vie rolandique. Le sol aurait pu nourrir une population dont les objets auraient dû s'accumuler pendant des millénaires. J'ai lu que sur Terre on a trouvé des dizaines de milliers de haches paléolithiques, plus par hasard que grâce à l'archéologie.

» Très bien. Supposons que les vestiges et les fossiles aient été délibérément supprimés, entre le départ de la dernière exploration et l'arrivée des premiers vaisseaux colonisateurs. J'ai bien trouvé de quoi étayer cette hypothèse dans les journaux intimes des premiers explorateurs. Ils étaient trop occupés à vérifier les conditions de vie possible sur la planète pour dresser des catalogues des monuments primitifs. Cependant, leurs notes indiquent qu'ils ont vu beaucoup plus de choses que ceux qui sont venus plus tard. Supposons que ce que nous avons trouvé ne soit que ce qui a été oublié ou négligé par ceux qui ont tout supprimé? Cela révélerait une mentalité sophistiquée, une pensée à long terme, n'est-ce pas? Ce qui laisse supposer que le Peuple Ancien n'était pas seulement composé de chasseurs ou de cultivateurs néolithiques.

– Mais jamais personne n'a vu de bâtiments, ni de machines, ni rien! protesta Barbro.

– Non. Plus probablement, les indigènes ne sont pas passés par notre genre d'évolution métallurgique industrielle. Je puis concevoir d'autres voies de développement. Leur civilisation a pu commencer, au lieu de finir, par la science et la technologie biologiques. Elle a pu développer des facultés du système nerveux, plus grandes chez leur espèce que chez l'homme. Nous possédons nous-mêmes ces facultés, dans une certaine mesure, vous savez. Un sourcier, par exemple, sent réellement les variations du champ magnétique local causées par une nappe d'eau. Cependant, chez nous ces talents sont désespérément rares et aléatoires. Alors nous nous sommes intéressés à autre chose. Qui a besoin d'un télépathe, disons, quand on a un visiphone? Le Peuple Ancien a pu raisonner inversement. Les artefacts de cette civilisation pourraient ne pas être reconnus par des hommes.

– Ils auraient pu s'identifier aux hommes, pourtant. Pourquoi ne l'ont-ils pas fait?

– Je puis concevoir plusieurs raisons. Par exemple, ils auraient pu avoir des mésaventures avec des visiteurs interstellaires, auparavant. Nous ne sommes pas l'unique race à posséder des vaisseaux spatiaux. Mais je vous ai dit que je n'échafaude pas d'hypothèses à l'avance, sans des faits. Disons simplement que le Peuple Ancien, s'il existe, nous est étranger.

– Pour un penseur rigoureux, tout ce que vous dites est bien mince.

– Je reconnais que tout cela est absolument conditionnel, dit-il en clignant des yeux dans la fumée du feu de camp. Vous êtes venue à moi, Barbro, en affirmant contre tous les avis officiels que votre enfant avait été volé; mais votre propre histoire d'une secte de ravisseurs est ridicule. Pourquoi refusez-vous d'admettre la réalité de non-humains?

– Bien que le sort de Jimmy en dépende probablement? Je sais, dit-elle avec un soupir frémissant. Je n'ose peut-être pas l'admettre.

– Je n'ai rien dit jusqu'ici qui n'ait déjà été l'objet de spéculations publiées. Des spéculations discréditées, certes. En cent ans, personne n'a trouvé de preuve valide indiquant que les Externes soient autre chose qu'une superstition. Malgré tout, quelques personnes ont déclaré qu'il est au moins possible que des indigènes intelligents soient encore en liberté dans les régions désertiques.

– Je sais, répéta-t-elle. Mais je ne sais pas ce qui vous a conduit, du jour au lendemain, à prendre ces arguments au sérieux.

– Eh bien, une fois que vous m'avez fait réfléchir, l'idée m'est venue que les exopaysans de Roland ne sont pas tellement éloignés des petits fermiers du Moyen Age. Ils ont des livres, des télécommunications, des outils et des véhicules à moteur, pardessus tout ils ont reçu une éducation moderne orientée vers les sciences. Pourquoi alors deviendraient-ils superstitieux? Quelque chose doit le provoquer... Il vaut mieux que je m'arrête là. Mes idées vont plus loin mais si elles sont justes, il est dangereux de les exprimer à haute voix.

Les muscles du ventre de Mistherd se crispèrent. Il y avait du danger, dans cette tête de becaigu. La Reine devait être avertie. Pendant une minute, il se demanda s'il ne devrait pas appeler Nagrim pour qu'il tue ces deux-là. Si le nicor leur sautait rapidement dessus, leurs armes à feu ne leur serviraient à rien. Mais non. Ils avaient peut-être laissé des instructions chez eux ou... Il se reprit à écouter. La conversation avait changé. Barbro murmurait :

– ...pourquoi vous êtes resté sur Roland.

L'homme sourit froidement.

– Ma foi, la vie sur Beowulf ne me promettait plus rien. Heorot a – ou avait, souvenez-vous qu'il y a de cela des dizaines d'années – Heorot avait une population dense, bien organisée, d'une uniformité assommante. C'était dû en partie à la frontière des pays bas, une soupape de sûreté qui drainait les insatisfaits. Mais je n'ai pas la tolérance à l'oxyde de carbone indispensable pour y vivre sainement. Une expédition se préparait à effectuer une tournée de diverses planètes colonisées, surtout celles qui ne possèdent pas d'équipement pour maintenir le contact laser. Vous vous rappelez son but annoncé : chercher de nouvelles idées en science, en art, en sociologie, en philosophie, tout ce qui pourrait se révéler précieux. Je crains qu'ils aient trouvé bien peu sur Roland pour intéresser Beowulf. Mais moi, qui m'étais arrangé pour les accompagner, j'y ai vu des possibilités intéressantes et j'ai décidé de m'y installer.

– Là-bas, vous étiez détective aussi ?

– Oui, dans la police officielle. C'est une tradition dans notre famille. Cela peut venir de notre côté cherokee, si ce nom vous dit quelque chose. Cependant, nous prétendons descendre aussi de l'un des tout premiers détectives privés connus, là-bas sur Terre, avant les vols spatiaux. Vrai ou non, il a été pour moi un modèle utile. Un archétype, en quelque sorte... (L'homme s'interrompit, l'air inquiet.) Mieux vaut dormir, dit-il. Nous avons une longue distance à couvrir au matin.

Elle regarda au loin.

– Ici, il n'y a pas de matin.

Ils se retirèrent. Mistherd se releva et étira avec précaution ses muscles ankylosés. Avant de retourner vers la Sœur de Lyrth, il risqua un coup d'œil par une vitre de la voiture. Des couchettes étaient préparées, côte à côte, et les humains y étaient couchés. Pourtant l'homme n'avait pas touché la femme, bien qu'elle eût un joli corps, et rien de ce qui s'était passé entre eux ne suggérait qu'il en avait l'intention.

Surnaturels, les humains! Froids et comme de la glaise. Et ils voudraient envahir le merveilleux monde sauvage? Mistherd cracha son dégoût. Cela ne devait pas arriver. Cela n'arriverait pas. Celle qui régnait l'avait juré.

Les terres de William Irons étaient immenses. Mais c'était parce qu'une grande exploitation était nécessaire pour le nourrir, lui, sa famille et son bétail, de récoltes indigènes dont la culture était encore mal connue. Il cultivait aussi quelques plantes terrestres, à la lumière du soleil et dans des serres. Mais c'était un luxe. La véritable conquête de l'Arctica du nord résidait dans le foin de yerba, le bois de bathyrhiza, dans le pericoup, le glycophyllon et, éventuellement, quand le marché aurait pris de l'expansion avec la population et l'industrie, dans le chalcanthème pour les fleuristes des villes et, pour les fourreurs, les peaux de rovers d'élevage.

C'était réservé à un avenir qu'Irons ne s'attendait pas à voir. Sherrinford se demanda si l'homme pensait vraiment que d'autres vivraient assez longtemps pour le voir un jour.

La pièce était chaude et bien éclairée. De la gaieté crépitait dans la cheminée. La lumière des luminocadres se reflétait sur des coffres, des chaises, des tables de bois sculpté à la main, illuminait les rideaux de couleurs vives et la vaisselle sur les étagères. L'exopaysan était assis tout droit dans son fauteuil à haut dossier, solidement vêtu, la barbe tombant sur la poitrine. Sa femme et ses filles apportèrent du café dont l'arôme se mêla aux odeurs d'un généreux repas, et le servirent, lui, ses invités et ses fils.

Mais au dehors le vent hurlait, les éclairs fulguraient, le tonnerre grondait, la pluie s'abattait sur le toit et giflait les murs, tourbillonnait autour des pavés ronds de la cour, les arbres gémissaient... et ne percevait-on pas un rire maléfique sous le meuglement d'une vache effrayée? Une rafale de grêle frappa les tuiles, comme des poings qui tapaient.

On pouvait sentir combien les voisins étaient éloignés, pensa Sherrinford. Et pourtant c'était les gens que l'on voyait le plus souvent, avec qui on s'entretenait quotidiennement au visiphone (quand une tempête solaire ne transformait pas en baragouin leurs paroles et en chaos leur figure) ou de vive voix, avec qui l'on se réunissait, on potinait, on intriguait, on se mariait; à la fin, c'étaient ceux-là qui vous enterraient. Les lumières et la technologie des villes côtières étaient monstrueusement loin.

William Irons était un homme fort. Cependant, quand il parla soudain, il y avait de la peur dans sa voix :

– Vous êtes réellement passés par le col des Trolls?

– Vous voulez parler de la passe de Hanstein? répliqua Sherrinford, et cela parut plutôt un défi qu'une question.

– Aucun exopaysan ne l'appelle autrement que le col des Trolls, dit Barbro.

Et comment un nom pareil avait-il pu renaître, à des années-lumière et des siècles du Moyen Age terrestre?

– Des trappeurs, des chasseurs, des prospecteurs – des rangers, comme vous les appelez – voyagent dans ces montagnes, déclara Sherrinford.

– Dans certaines régions, dit Irons. Ils en ont le droit, par un pacte jadis conclu entre un homme et la Reine après qu'il eut soigné un jaquot-des-bois blessé par un satan. Partout où croît la plumablanca, l'homme peut s'aventurer s'il laisse des nourritures humaines sur les autels de rocher en échange de ce qu'il prend de la terre. Ailleurs... (un poing se crispa sur un accoudoir et se détendit) il n'est pas prudent de se hasarder.

– Cela a été fait, n'est-ce pas?

– Oh oui, certains sont bien revenus, ou du moins ils l'ont prétendu, mais j'ai entendu dire qu'ils n'ont plus jamais eu de chance ensuite; certains non, ils ont disparu. D'autres encore déliraient en parlant de merveilles et d'horreurs, et sont restés simplets jusqu'à leur dernier jour. Il y a bien longtemps que personne n'a été assez téméraire pour rompre le pacte et franchir les limites.

Irons regarda Barbro d'un air presque suppliant. Sa femme et ses enfants, soudain silencieux, la regardèrent aussi. Le vent ululait derrière les murs et secouait les volets.

– N'y allez pas.

– J'ai des raisons de croire que mon fils est là-bas, répondit-elle.

– Oui, oui, vous nous l'avez dit et je suis navré. On pourrait peut-être faire quelque chose. Je ne sais pas quoi mais je me ferai un plaisir de... oh, de déposer une double offrande au Tertre d'Unvar à la mi-hiver, et une prière tracée dans la terre avec un couteau de silex. Ils le rendraient peut-être, dit Irons. (Il soupira.) Ils ne l'ont jamais fait de mémoire d'homme, pourtant. Et il pourrait avoir un plus triste sort. Je les ai aperçus moi-même, gambadant follement au crépuscule. Ils semblent plus heureux que nous. Ce ne serait peut-être pas une gentillesse de vous renvoyer votre garçon.

– Comme dans la chanson d'Arvid, murmura sa femme.

Irons hocha la tête.

– Mm-hum. Ou d'autres, quand j'y pense.

– Quelle chanson? demanda Sherrinford.

Plus vivement encore qu'auparavant, il se sentait étranger. Il était un enfant des villes et des techniques, surtout un enfant à l'intelligence sceptique. Cette famille *croyait*. C'était inquiétant de voir plus qu'un peu de leur crédulité dans le lent hochement de tête de Barbro.

– Nous avons la même ballade dans la Terre d'Olga Ivanoff, lui dit-elle d'une voix moins calme que les mots. Elles sont traditionnelles, personne ne sait qui les a composées, on les chante pour marquer la cadence d'une ronde dans une prairie.

– J'ai remarqué une multilyre dans vos bagages, Mrs Cullen, dit la femme d'Irons. Voudriez-vous nous distraire?

Elle souhaitait visiblement détourner la conversation d'une entreprise défiant le Peuple Ancien et pensait que des chants seraient les bienvenus.

Mais Barbro secoua la tête, en pâlissant. L'aîné des garçons intervint vivement, l'air assez important.

– Certainement, moi je peux, si nos invités veulent bien écouter.

– Ça me ferait plaisir, merci.

Sherrinford se carra dans son fauteuil et caressa sa pipe. Si l'offre n'avait pas été spontanée, il aurait guidé la conversation en ce sens.

Il ne s'était jamais beaucoup intéressé par le passé au folklore de l'exopays et il n'avait guère eu l'occasion d'étudier les maigres références à ce sujet depuis que Barbro était venue lui confier ses ennuis. Mais il était de plus en plus convaincu qu'il avait besoin de comprendre – pas par une étude anthropologique, mais par une prise de conscience personnelle – les rapports entre les hommes des frontières de Roland et ces êtres qui les hantaient.

Une certaine agitation suivit, on changea de place, on s'installa pour écouter, le café fut resservi et du cognac apporté. Le garçon expliqua :

– Le dernier vers, c'est le refrain. Tout le monde chante en chœur, d'accord?

Lui aussi espérait manifestement soulager ainsi la tension. La catharsis par la musique? se demanda Sherrinford, et il se répondit : non, l'exorcisme.

Une des filles pinça une guitare. Le garçon chanta une mélodie qui trancha dans le tumulte de la tempête.

« C'était le ranger Arvid
S'en revenant par les collines
Parmi les trembles ombreux,
par les collines chantantes.

La danse ondule sous l'épine-de-feu.

Le vent de nuit murmure
Sentant le brok et la rue,
Les deux lunes se lèvent au-dessus de lui
Et la rosée baigne les collines.

La danse ondule sous l'épine-de-feu.

Et rêvant de cette femme
Qui attend dans le soleil
S'arrêta surpris, au clair des étoiles,
Et ce fut sa perte.

La danse ondule sous l'épine-de-feu.

Car là au pied d'un tertre
Dressé vers une lune
Dansaient les Externes
Chaussés de verre et d'or.

La danse ondule sous l'épine-de-feu.

Dansaient tous les Externes
Comme eau, comme vent et feu,
Au son glacé de la harpe,
Et jamais ne se fatiguaient.

La danse ondule sous l'épine-de-feu.

Vers Arvid elle s'avança
D'où elle regardait danser,
Reine de l'Air et des Ténèbres,
Des étoiles dans les yeux.

La danse ondule sous l'épine-de-feu.

Etoiles, amour et terreur
Dans ses yeux immortels,
La Reine de l'Air et des Ténèbres... »

– Non!

Barbro bondit de sa chaise, les poings crispés, les joues noyées de larmes.

– Vous ne pouvez pas... prétendre cela... à propos des choses qui ont volé Jimmy!

Elle s'enfuit de la salle et monta précipitamment dans sa chambre.

Mais elle termina elle-même la chanson. Cela se passait soixante-dix heures plus tard environ, alors qu'ils campaient sur les hauteurs où les rangers n'osaient pas s'aventurer.

Sherrinford et elle n'avaient pas dit grand-chose à la famille Irons, après avoir repoussé leurs supplications de ne pas aller dans le pays interdit. Ils n'avaient pas non plus échangé beaucoup de réflexions, au début, en roulant vers le nord. Lentement, tout de même, il commença à la faire parler de sa vie. Au bout d'un moment, elle oublia presque son chagrin, en se rappelant son foyer et de vieux voisins. Cela aboutit, incidemment, à des découvertes – sous ses manières de professeur il était un gourmet et un amateur d'opéra, et il appréciait sa féminité; elle pouvait encore rire et trouver de la beauté dans le pays sauvage autour d'elle – et elle s'aperçut, avec un peu de remords, que la vie contenait plus d'espoirs que pourrait lui offrir même le retour du fils que Tim lui avait donné.

– Je me suis persuadé qu'il est vivant, dit le détective en fronçant les sourcils. Franchement, ça me fait regretter de vous avoir emmenée. Je pensais que ce ne serait qu'une expédition de recherche mais cela devient bien autre chose. Si nous avons affaire à de vraies créatures qui l'ont volé, elles peuvent causer réellement du mal. Je devrais retourner à la ferme la plus proche et appeler un avion pour venir vous chercher.

– Jamais de la vie! Vous avez besoin de quelqu'un qui connaisse les conditions de vie dans l'exopays, et je fais parfaitement l'affaire!

– Mmm-mm... et cela me retarderait beaucoup, n'est-ce pas? En plus de la distance supplémentaire, je ne peux pas transmettre un message à un aéroport avant que l'actuelle explosion d'interférences solaires soit calmée.

La « nuit » suivante, il déballa le reste de son matériel et l'installa. Barbro reconnut quelques appareils, dont un détecteur thermique. D'autres lui étaient inconnus, copiés sur les instructions de Sherrinford d'après les appareils avancés de son monde natal. Il les lui expliqua un peu.

– Je vous ai dit que je soupçonne ceux que nous

cherchons d'avoir des facultés télépathiques, dit-il comme pour s'excuser.

Elle ouvrit de grands yeux.

– Vous voulez dire que ça pourrait être vrai, que la Reine et son peuple peuvent lire dans les pensées?

– Cela fait partie de la peur qui entoure leur légende, non? En réalité, le phénomène n'a rien d'effrayant. Il a été étudié et assez bien défini il y a des siècles, sur la Terre. On doit certainement trouver des études dans les microdossiers scientifiques et à Christmas Landing. Vous, les Rolandais, n'avez simplement pas eu l'occasion de les consulter, pas plus que vous n'avez encore eu l'occasion de chercher comment construire des lance-rayons énergétiques ou des vaisseaux spatiaux.

– Bon, mais comment marche la télépathie, alors?

Sherrinford comprit qu'elle quêtait un réconfort autant que des explications et il parla avec une sécheresse voulue :

– L'organisme engendre une radiation à ondes extrêmement longues qui peut, en principe, être modulée par le système nerveux. Dans la pratique, la faiblesse des signaux et la lenteur de leur transmission la rendent fugace, difficile à détecter et à mesurer. Nos ancêtres préhumains comptaient sur des sens plus dignes de confiance, comme la vue et l'ouïe. Le peu de transmission télépathique que nous effectuons est marginale, au mieux. Mais des explorateurs ont découvert des espèces extra-terrestres qui ont favorisé leur évolution en développant davantage le système dans leur environnement particulier. J'imagine que parmi ces espèces il pourrait en exister une qui reçoive relativement peu de lumière solaire directe, qui semble en fait fuir le grand jour. Elle pourrait même devenir si habile à cet égard que, à courte distance, elle puisse capter les faibles transmissions de l'homme et faire réagir la sensibilité primitive humaine à ses fortes transmissions.

– Ça expliquerait bien des choses, n'est-ce pas? souffla Barbro.

– J'ai maintenant protégé notre voiture par un champ de brouillage, expliqua Sherrinford, mais sa portée ne dépasse pas un rayon de quelques mètres autour du châssis. Au delà, un de leurs éclaireurs pourrait capter un avertissement de vos pensées, si vous saviez précisément ce que j'essaye de faire. J'ai un subconscient bien entraîné qui me fait penser à cela en français quand je suis à l'extérieur. La communication doit être structurée pour être intelligible, voyez-vous, et c'est une structure assez différente de l'anglais. Mais l'anglais est la seule langue humaine sur Roland et le Peuple Ancien l'a sûrement apprise.

Elle hocha la tête. Il lui avait exposé son plan général, qui était trop évident pour être tenu secret. Le problème était d'entrer en contact avec les créatures, si elles existaient. Jusqu'à présent, elles ne s'étaient révélées, à de rares intervalles, qu'à deux ou trois rangers à la fois. La faculté de provoquer des hallucinations devait les y aider. Elles se tenaient bien à l'écart de toute expédition importante, peut-être incontrôlable, qui pouvait passer par leur territoire. Mais deux personnes, bravant toutes les interdictions, ne devaient pas être trop redoutables pour qu'elles s'en approchent. Et... ce serait la première équipe humaine qui non seulement travaillerait en partant du principe que les Externes existaient, mais posséderait les ressources de la technologie policière moderne d'autres planètes.

A ce campement-là, il ne se passa rien. Sherrinford expliqua que le contraire l'aurait surpris. Le Peuple Ancien semblait prudent dans le voisinage d'une colonie. Sur leur propre territoire, ces êtres seraient plus hardis.

Et la « nuit » suivante, le véhicule s'était bien enfoncé dans le pays. Quand Sherrinford arrêta le moteur dans un pré, le silence déferla comme une vague.

Ils descendirent. Elle prépara un repas sur le braiseur pendant qu'il allait ramasser du bois, qui plus tard leur permettrait d'être réchauffés par un feu de camp. Il regardait fréquemment son poignet. Il ne portait pas de montre mais un cadran à contrôle radio qui communiquait ce qu'enregistraient les instruments du car.

Qui avait besoin d'une montre, ici? Les constellations tournaient lentement derrière l'aurore boréale scintillante. La lune Aldo montait au-dessus d'un sommet neigeux qu'elle lamait d'argent, bien que cet endroit fût à une bonne altitude. Les autres montagnes étaient cachées par la forêt. Les arbres étaient surtout des trembles et des plumablancas pâles et duveteux, dressés comme des spectres parmi les ombres. Quelques épines-de-feu flamboyaient, lanternes groupées, et les fourrés épais sentaient bon. On pouvait voir étonnamment loin dans le crépuscule bleu. Tout près, un ruisseau chantait et un oiseau gazouillait.

– C'est ravissant, ici, murmura Sherrinford.

Ils avaient dîné mais nc s'étaient pas encore assis et n'avaient pas attisé leur feu.

– Mais étrange, murmura Barbro d'une voix tout aussi basse. Je me demande si c'est vraiment pour nous. Si nous pouvons espérer le posséder.

Le tuyau de la pipe désigna les étoiles.

– L'homme est allé dans des lieux plus étranges que celui-ci.

– Vraiment? Je... ma foi, je suppose que c'est un reliquat de mon enfance dans l'exopays, mais voyez-vous, quand je suis au-dessous d'elles, je ne peux pas considérer les étoiles comme des boules de gaz, dont l'énergie a été mesurée, dont les planètes ont été foulées par des pieds prosaïques. Non, elles sont petites, froides, magiques; notre vie est liée à elles; après notre mort, elles nous parleront tout bas dans notre tombe. (Barbro baissa les yeux.) Je sais que c'est ridicule.

Elle vit, dans l'ombre, les traits de Sherrinford se crisper.

– Pas du tout, dit-il. Emotionnellement, la physique est peut-être encore plus ridicule. Et à la fin, vous savez, après un nombre suffisant de générations, la pensée suit le sentiment. L'homme n'est pas rationnel, au fond du cœur. Il pourrait cesser de croire à ce que dit la science, s'il ne la sentait plus juste... Cette ballade qui n'a pas été terminée, dans la maison, ajouta-t-il après un bref silence, sans la regarder, pourquoi vous a-t-elle tant troublée?

– J'étais énervée. Je ne pouvais pas supporter d'entendre... eh bien, leurs louanges. Du moins, c'était l'effet que cela me faisait. Pardonnez-moi mon éclat.

– Si je comprends bien, la ballade est typique de tout un ensemble important?

– J'avoue que je n'ai jamais eu l'idée de les comparer toutes. L'anthropologie culturelle est une chose dont nous n'avons pas le temps de nous occuper sur Roland, ou plus vraisemblablement nous n'en avons pas eu l'idée, il y a tant à faire. Mais... maintenant que vous en parlez, oui, je suis surprise du nombre de chansons et de légendes qui comportent le motif Arvid.

– Pourriez-vous supporter de me la réciter?

Elle trouva le courage de rire.

– Je peux faire mieux, si vous voulez. Je vais chercher ma multilyre et je vous la chanterai.

Elle omit le vers hypnotique du refrain, cependant, sauf à la fin. Il la contempla, alors qu'elle se profilait, debout, contre les étoiles et l'aurore boréale.

« ... La Reine de l'Air et des Ténèbres
Cria doucement sous le ciel :

– Mets pied à terre, ranger Arvid,
Et rejoins les Externes.
Tu n'as plus à être humain,
C'est un joug trop lourd.

Il osa alors répondre :
– Je ne puis que fuir.
Une fille m'attend et rêve
Aux terres derrière le soleil.

M'attendent aussi mes camarades
Et des tâches à accomplir,
Car que serait le ranger Arvid,
S'il manquait à sa tâche.

Alors jette tes sorts, Externe,
Accable-moi de ton ire,
Car si tu peux me tuer,
Tu ne peux me rendre esclave.

La Reine de l'Air et des Ténèbres
S'enveloppait de peur,
De froide lumière et de beauté,
Et il n'osait la regarder.

Mais elle rit mélodieusement
Et répondit avec mépris :

– Point n'est besoin de magie
Pour te chagriner éternellement.

Je te renverrai sans rien
Sinon ton souvenir
De clair de lune, de chants Externes,
De brises de nuit, de rosée et de moi.

Et il courra derrière toi,
Ombre sur le soleil,
Il couchera avec toi,
A la fin de chaque jour.

Au jeu, dans le travail et l'amitié,
Ta peine te rendra muet
En pensant à ce que tu es
Et à ce que tu aurais pu être.

Ta femme terne et sotte
Traite-la de ton mieux.
Va-t-en chez toi, ranger Arvid,
Libre d'être un homme!

Dans un éclair et quelques rires,
Les Externes disparurent.
Il resta seul au clair de lune,
Et pleura jusqu'à l'aurore.

La danse ondule sous l'épine-de-feu.

Elle posa sa lyre. Une brise agita les feuilles. Après un long silence, Sherrinford demanda :

– Et les récits de ce genre font partie de la vie de tout le monde, dans l'exopays?

– En quelque sorte, oui. Mais ils ne sont pas tous pleins de choses surnaturelles. Certains parlent d'amour ou d'héroïsme. Des thèmes traditionnels.

– Je ne crois pas que votre tradition se soit créée de toutes pièces, dit-il sombrement. En fait, je crois que beaucoup de vos légendes et de vos chansons n'ont pas été composées par des humains.

Il serra les lèvres et refusa d'en dire plus sur ce sujet. Ils se couchèrent de bonne heure.

Quelques heures plus tard, un signal d'alarme les réveilla.

Le bourdonnement était léger mais il les mit instantanément en alerte. Ils dormaient en combinaison, pour être prêts à tout. La clarté du ciel filtrait par la tourelle. Sherrinford sauta de sa couchette, glissa ses pieds dans ses chaussures et accrocha le pistolet à sa ceinture.

– Restez ici, ordonna-t-il.

– Qu'y a-t-il? demanda-t-elle, le cœur battant.

Il consulta les cadrans de ses instruments et les compara au mouchard lumineux de son poignet.

– Trois animaux, compta-t-il. Pas des bêtes sauvages passant par hasard. Un très grand, homothermique à en juger par l'infra-rouge, immobile à une courte distance. Un autre... hum, température basse, émission diffuse et instable, comme si c'était plutôt un... un essaim de cellules coordonnées d'une façon ou d'une autre... pheromonallement?... qui plane, à une certaine distance aussi. Mais le troisième est pratiquement à côté de nous, se déplace dans les fourrés... et ce schéma a l'air humain.

Elle le vit frémir d'excitation; il n'avait plus rien d'un professeur.

– Je vais tenter une capture, annonça-t-il. Quand nous aurons un sujet à interroger... Tenez-vous prête à me faire rentrer très vite. Mais ne vous risquez pas dehors, quoi qu'il arrive. Et gardez ça armé.

Il lui tendit un fusil à gros gibier, tout chargé.

Sa haute silhouette s'arrêta devant la porte, l'entrouvrit. De l'air pénétra, froid, humide, chargé d'odeurs et de murmures. La lune Oliver était maintenant haute dans le ciel, ainsi que la lune Aldo, toutes deux d'une luminosité irréelle, et l'aurore boréale palpitait d'une blancheur bleutée de glacier.

Sherrinford consulta de nouveau son mouchard. Il devait indiquer les directions des guetteurs, parmi ces feuillages diffus. Brusquement, il sortit d'un bond. Il passa en courant devant les cendres du feu de camp et disparut sous les arbres. La main de Barbro se crispa sur la crosse de son arme.

Un vacarme soudain. Deux combattants surgirent dans la prairie. Sherrinford serrait fortement une petite silhouette humaine. Barbro distingua dans la clarté d'argent irisée un corps nu, masculin, svelte, jeune, aux cheveux longs. Il se débattait comme un démon, des pieds, des poings et des ongles, sans cesser de ululer comme un satan.

Elle devina, en un éclair : un enfant enchanté, un bébé volé élevé par l'Ancien Peuple. Cette créature était ce que deviendrait Jimmy entre leurs mains.

– Ha!

Sherrinford força son adversaire à pivoter et lui enfonça des doigts raidis dans le plexus solaire. Le garçon poussa un grognement étouffé et s'écroula. Sherrinford le porta à demi vers la voiture.

Un géant jaillit hors des arbres. Il aurait pu en être un lui-même, noir et rugueux, portant quatre immenses branches noueuses; mais la terre frémissait et tonnait sous ses jambes-racines, et son beuglement rauque emplissait le ciel et les crânes.

Barbro hurla. Sherrinford se retourna d'un bloc. Il dégaina vivement son pistolet, tira, tira encore et les détonations claquèrent comme des coups de fouet dans la pénombre. Son autre bras maintenait d'une clef le jeune garçon. La forme monstrueuse vacilla sous ces coups. Elle se ressaisit et continua d'avancer, plus lentement, plus prudemment, en tournant pour se placer entre Sherrinford et le véhicule. Il ne pouvait se déplacer assez vite pour l'éviter à moins de lâcher son prisonnier... qui était le seul guide possible pour retrouver Jimmy...

Barbro s'élança dehors.

– Non! glapit Sherrinford. Pour l'amour de Dieu, ne sortez pas!

Le monstre gronda et avança les pattes vers elle. Elle pressa la détente. Le recul lui meurtrit l'épaule. Le colosse chancela et tomba. Tant bien que mal, il se remit debout et revint lourdement vers elle. Elle recula et tira de nouveau. La créature rugit. Du sang en coulait, épais et brillant parmi les gouttes de rosée. L'être fit demi-tour et repartit, en cassant des branches, dans l'obscurité de la forêt.

– Retournez à l'abri! cria Sherrinford. Vous êtes hors du champ de brouillage!

Une brume légère passa au-dessus de la tête de Barbro. Elle l'entrevit à peine avant d'apercevoir une nouvelle silhouette au bord de la clairière. Un cri lui fut arraché :

– Jimmy!

– Maman!

Il tendait les bras. Le clair de lune ruissela dans les larmes de la mère. Elle lâcha le fusil et courut vers lui.

Sherrinford s'élança à sa poursuite. Jimmy voleta et disparut dans le fourré. Barbro se précipita derrière lui, plongeant parmi les branchages griffus. Puis elle fut saisie et emportée.

Dominant son captif, Sherrinford renforça l'éclat du luminocadre jusqu'à ce que l'on ne voie plus, de l'intérieur, le paysage sauvage. Le garçon se tortilla sous cette lumière crue.

– Tu vas parler, dit l'homme.

Malgré ses traits hagards, il s'exprimait calmement.

Les yeux du garçon fulgurèrent entre ses mèches emmêlées. Une ecchymose bleuissait sur sa joue. Il était presque parvenu à se libérer et à fuir pendant que Sherrinford poursuivait et perdait la femme. En revenant le détective l'avait rattrapé de justesse. Le temps manquait pour la douceur, alors que des renforts d'Externes pouvaient arriver d'un instant à l'autre. Sherrinford l'avait assommé et traîné à l'intérieur. Il était maintenant ligoté dans un siège à pivot. Il cracha.

– Te parler, à toi, homme-terre?

Mais la sueur perlait sur sa peau et ses yeux ne cessaient de regarder de tous côtés ce métal qui l'enfermait.

– Donne-moi ton nom.

– Pour que tu me jettes un sort?

– Le mien est Eric. Si tu ne me donnes pas le choix, je devrai t'appeler... mmm-m... Wuddikins.

– Quoi?

Bien que surnaturel, le prisonnier était quand même un adolescent humain.

– Mistherd, alors, bougonna-t-il. (Son accent chantant souligna en quelque sorte sa mauvaise humeur.) Ce n'est pas la sonorité, simplement la signification. D'ailleurs, ce n'est que le nom qu'on me donne, rien d'autre.

– Ah! Tu as un nom secret que tu estimes le vrai?

– Elle le connaît. Je ne sais même pas ce que c'est. Elle connaît les vrais noms de tout le monde.

Sherrinford haussa les sourcils.

– Elle?

– Qui règne. Qu'elle me pardonne, mais je ne puis faire le signe de respect avec mes bras attachés.

Certains envahisseurs l'appellent la Reine de l'Air et des Ténèbres.

– Tiens donc!

Sherrinford prit sa pipe et son tabac. Il laissa le silence s'appesantir, pendant qu'il l'allumait. Enfin, il dit :

– J'avoue que le Peuple Ancien m'a pris par surprise. Je ne m'attendais pas à un membre aussi redoutable de votre bande. Tout ce que j'ai pu apprendre semblait démontrer qu'ils attaquent notre race – et la tienne, petit – par la sournoiserie, la ruse et l'illusion.

Mistherd hocha la tête, d'un geste brusque.

– Elle a créé le premier nicor il n'y a pas longtemps. Ne croyez pas qu'elle n'a que des enchantements à sa disposition.

– Je n'en crois rien. Cependant, une balle blindée fait aussi du bon travail, tu ne trouves pas? (Sherrinford continua de parler, à mi-voix, presque pour lui-même.) Je persiste à penser que les, euh, les nicors – toutes vos espèces à l'aspect à moitié humain – sont plutôt destinées à être vues, et pas utilisées. Le pouvoir de créer des mirages doit sûrement être très limité, en portée et en ampleur, ainsi que le nombre d'individus qui le possèdent. Autrement, elle n'aurait pas besoin de travailler aussi lentement et sournoisement. Même en dehors de notre bouclier d'esprit, Barbro – ma compagne – aurait pu résister, aurait pu comprendre que ce qu'elle voyait n'existait pas, si elle n'avait pas été aussi secouée, aussi affolée, aussi bouleversée... Peu importe ce que j'ai pu éprouver. Ça ne pouvait pas être la même chose qu'elle. Je crois qu'un ordre nous a simplement été donné : « Vous verrez ce que vous désirez le plus au monde, s'enfuyant dans la forêt. » Naturellement, elle n'a pu couvrir que quelques mètres avant que le nicor l'enlève. Je n'avais aucun espoir de les suivre, je ne suis pas un homme des bois d'Arctica et, d'ailleurs, il aurait été facile de me dresser une embuscade. Je suis revenu vers toi. (Sombrement.) Tu es mon lien avec ta surdame.

– Tu crois que je te guiderai jusqu'à Starhaven ou Carheddin? Essaye de me forcer, homme-terre!

– Je veux conclure un marché.

– Probable que tu veuilles plus que ça, répliqua Mistherd avec une surprenante sagacité. Qu'est-ce que tu raconteras, une fois rentré chez toi?

– Oui, ça pose un problème, n'est-ce pas? Barbro Cullen et moi ne sommes pas des exopaysans terrifiés. Nous sommes de la ville. Nous avons apporté des instruments enregistreurs. Nous serons les premiers de notre espèce à rapporter une rencontre avec le Peuple Ancien et ce rapport sera détaillé, plausible. Il devrait provoquer une action.

– Tu vois que je n'ai pas peur de mourir, déclara Mistherd. (Mais ses lèvres tremblèrent un peu.) Si je te laisse venir et pratiquer des manigances d'hommes sur mon peuple, il ne me restera aucune raison de vivre.

– N'aie pas de craintes immédiates, répondit Sherrinford. Tu n'es qu'un appât.

Il s'assit et considéra le garçon d'un air calme. (Dans son cœur, il y avait un sanglot : *Barbro, Barbro!*)

– Réfléchis. Ta Reine ne peut guère me laisser retourner, emmener mon prisonnier et parler des siens. Elle doit l'empêcher par n'importe quel moyen. Je pourrais essayer de combattre – cette voiture est mieux armée que tu ne le penses – mais cela ne libérerait personne. Alors je reste là. Elle enverra de nouvelles forces aussi vite que possible.

Je suppose qu'elles ne se jetteront pas aveuglément contre une mitrailleuse, un obusier, un fulgurateur. Elles parlementeront d'abord, que leurs intentions soient honnêtes ou non. Ainsi j'opérerai le contact que je cherche.

– Quel est ton projet?

Le marmonnement exprimait l'angoisse.

– D'abord, ceci : une sorte d'invitation. (Sherrinford étendit la main et abaissa une manette.) Là. J'ai baissé ma garde contre la transmission de pensée et la création d'illusions. Je pense que les chefs, au moins, pourront sentir que le bouclier n'est plus là. Cela devrait leur donner de l'assurance.

– Et ensuite?

– Eh bien, nous attendrons. Veux-tu manger ou boire quelque chose?

Sherrinford mit à profit le temps qui suivit pour essayer de rassurer Mistherd, découvrir des détails sur sa vie. Il n'obtint que des réponses laconiques. Il baissa les lumières à l'intérieur, pour mieux regarder au dehors. Les quelques heures furent longues.

Elles se terminèrent dans un cri de joie, à moitié sanglot, du garçon. Une bande du Peuple Ancien émergea de la forêt.

Certains se voyaient plus clairement que n'auraient dû le permettre les lunes, les étoiles et les lueurs boréales. Celui qui arrivait en tête chevauchait un cerf-couronné blanc dont les bois étaient ornés de guirlandes de feuillage. Il avait une forme humaine mais d'une beauté irréelle; des cheveux blonds d'argent s'échappaient du casque à cornes et encadraient le fier visage froid. La cape flottait sur son dos comme des ailes vivantes. Sa cotte de mailles couleur de givre tintait à chaque pas.

Derrière lui, à droite et à gauche, chevauchaient deux êtres armés d'épées sur lesquelles couraient et scintillaient de petites flammes. Au-dessus, une troupe ailée riait et chantait et cabriolait dans le vent. Près d'eux, planait une brume à demi transparente. Les autres, qui sortaient de la forêt à la suite de leur chef, étaient plus difficiles à distinguer. Mais ils avançaient avec une grâce de vif-argent comme s'ils défilaient au son de harpes et de trompettes.

– Lord Luighaid, s'écria triomphalement Mistherd. Notre maître Sage, lui-même.

Jamais Sherrinford n'avait rien fait de plus difficile que de rester assis à son tableau de commandes, le doigt près du bouton de la génératrice du bouclier, sans le toucher. Il fit glisser un panneau du toit pour laisser passer les voix. Une rafale de vent le gifla, apportant le parfum des roses du jardin de sa mère. Derrière lui, dans la cabine principale du véhicule, Mistherd tira sur ses liens jusqu'à ce qu'il puisse voir les nouveaux arrivants.

– Appelle-les, ordonna Sherrinford. Demande-leur s'ils acceptent de me parler.

Inaudibles, des mots doux et mélodieux volèrent de-ci de-là

– Oui, traduisit le garçon. Il accepte, le seigneur Luighaid. Mais je puis te dire qu'on ne te laissera jamais repartir. Ne leur résiste pas. Cède. Viens avec nous. Tu ne peux savoir ce que c'est que d'être vivant, tant que tu n'auras pas vécu à Carheddin sous la montagne.

Les Externes approchèrent.

Jimmy scintilla et disparut. Barbro, enlacée par des bras puissants, serrée contre un large torse, sentait sous elle les mouvements du cheval. Ce devait être un cheval, bien qu'il en restât bien peu dans les colonies conservés pour des usages spéciaux ou par tendresse. Elle sentait le jeu des muscles sous la peau, elle entendait bruire le feuillage écarté et parfois le choc d'un sabot sur de la pierre; une chaleur et une odeur vivantes l'enveloppaient dans l'obscurité.

Celui qui la portait murmura :

– N'aie pas peur, ma chérie. C'était une vision. Mais il nous attend et nous allons le rejoindre.

Elle avait très vaguement conscience qu'elle devrait éprouver de la terreur, ou de la détresse, ou quelque chose. Mais ses souvenirs étaient derrière elle – elle ne savait même pas comment elle se trouvait là – elle était soutenue par la certitude d'être aimée. « En paix, en paix, repose dans la calme attente de la joie... »

Au bout d'un moment, la forêt s'ouvrit. Ils traversèrent un grand pré où des rochers se dressaient, gris-blanc sous les lunes, leurs ombres se mouvant dans les teintes diffuses projetées par l'aurore boréale. Des insectes dansaient, minuscules comètes, parmi les fleurs des champs. Devant eux luisait un pic couronné de nuages.

Barbro regarda devant elle. Elle vit la tête du cheval et songea, avec une calme surprise : « Mais c'est Sambo, qui était à moi quand j'étais petite fille. » Elle se tourna vers l'homme. Il portait une tunique noire et une pèlerine à capuchon, qui dissimulait en partie sa figure. Elle ne put crier tout haut, en ce lieu.

– Tim, souffla-t-elle.

– Oui, Barbro.

– Je t'ai enterré...

Il sourit avec une tendresse infinie.

– Pensais-tu que nous n'étions rien de plus que ce que l'on dépose dans la terre? Pauvre amour déchiré. Celle qui nous a appelés est la Guérisseuse Toute-Puissante. Calme-toi et rêve.

– Rêver, dit-elle, et pendant un moment elle lutta pour se réveiller.

Mais l'effort était faible. Pourquoi devrait-elle croire aux sombres histoires de... d'atomes et d'énergies, rien d'autre pour remplir un abîme de vide... des histoires qu'elle ne pouvait se rappeler... alors que Tim et le cheval que son père lui avait donné la portaient vers Jimmy? L'autre chose n'avait-elle pas été le mauvais rêve, dont elle s'éveillait maintenant?

Comme s'il entendait ses pensées, il murmura :

– Ils ont une chanson dans les terres des Externes. La Chanson des Hommes :

« Le monde fait voile,
Sous un vent invisible.
La lumière bouillonne sous sa proue.
Le sillage est de nuit.
Mais les Habitants n'ont pas cette tristesse. »

– Je ne comprends pas, dit-elle.

Il hocha la tête.

– Il y a beaucoup de choses que tu devras comprendre, ma chérie, et je ne pourrai te revoir avant que tu aies appris ces vérités. Mais en attendant, tu seras avec notre fils.

Elle essaya de relever la tête pour l'embrasser mais il la repoussa.

– Pas encore. Tu n'as pas été reçue dans le peuple de la Reine. Je n'aurais pas dû venir te chercher, si elle n'était pas miséricordieuse pour l'interdire. Repose-toi, repose-toi.

Le temps vola. Le cheval galopait sans fatigue, sans jamais trébucher, vers le sommet de la montagne; à un moment, elle aperçut une troupe qui descendait et pensa qu'elle partait pour une dernière bataille étrange dans l'ouest contre... qui?... celui qui restait enfermé dans du fer et du chagrin... Plus tard, elle chercherait le nom de celui qui l'avait amenée dans la terre de l'Ancienne Vérité.

Finalement des flèches altières et splendides se dressèrent parmi les étoiles, qui sont petites, magiques, et chuchotent pour nous réconforter après notre mort. Ils entrèrent dans une cour où des chandelles brûlaient sans vaciller, où chantaient des fontaines et des oiseaux. La brise apportait le parfum du brok et du pericoup, de la rue et des roses; car l'homme n'apportait pas que l'horreur. Les Habitants attendaient dans la beauté, pour l'accueillir. Par delà leur immobilité, des pooks gambadaient à la brune; entre les arbres couraient des enfants; la joie débordait en chantant sous une musique plus solennelle.

– Nous sommes venus...

Soudain, inexplicablement, la voix de Tim devenait un coassement. Barbro ne sut pas très bien comment il mettait pied à terre, en la portant. Elle se tint debout devant lui et le vit chanceler. La peur la saisit.

– Tu ne te sens pas bien?

Elle saisit ses deux mains, qui lui parurent froides et rudes. Où était passé Sambo? Ses yeux fouillèrent sous le capuchon. Dans l'éclairage brillant, elle aurait dû voir clairement le visage de son époux. Mais il était flou, changeant.

– Qu'y a-t-il, qu'est-il arrivé?

Il sourit. Etait-ce le sourire qu'elle avait tant chéri? Elle ne se souvenait plus.

– Je... je dois partir, bredouilla-t-il si bas qu'elle l'entendit à peine. Notre heure n'a pas sonné..

Il se dégagea et s'appuya lourdement contre une silhouette en longue robe qui venait d'apparaître à côté de lui. Une brume tournoya autour de leurs deux têtes.

– Ne me regarde pas partir... retourner dans la terre, supplia-t-il. C'est la mort pour toi. Jusqu'à ce que vienne notre heure... Là, notre fils!

Elle dut se retourner. A genoux, elle écarta les bras. Jimmy la frappa comme un chaud boulet de canon. Elle lui ébouriffa les cheveux, elle embrassa le creux de son cou, elle rit et pleura et murmura des folies; ce n'était pas un fantôme, un souvenir fugace qui lui échapperait. De temps en temps, alors qu'elle cherchait quels maux il avait pu endurer – la faim, la maladie, la peur – et n'en trouvait point, elle regardait autour d'eux. Les jardins avaient disparu. Cela n'avait pas d'importance.

– Tu m'as manqué, maman. Reste, veux-tu?

– Je vais te ramener à la maison, mon chéri.

– Reste. Ici on s'amuse. Je te montrerai. Mais reste.

Un soupir se glissa dans le crépuscule. Barbro se releva. Jimmy se cramponnait à sa main. Ils affrontèrent la Reine.

Elle était très grande dans sa longue robe tissée de lumière boréale, avec sa couronne d'étoiles et ses guirlandes de fleurs blanches. Sa physionomie rappelait la Vénus de Milo, dont Barbro avait souvent vu l'image dans les terres des hommes, sinon que la Reine était plus belle, plus majestueuse, qu'il y avait plus de dignité dans ses yeux bleu de nuit.

– Sois la bienvenue, dit-elle dans un chant mélodieux. A jamais.

Contre la crainte respectueuse qui l'envahissait, Barbro dit :

– Mère de Lune, laissez-nous rentrer chez nous.

– Cela ne se peut.

Barbro rêva qu'elle suppliait :

– Dans notre monde, petit et bien-aimé, que nous avons construit pour nous et chérissons pour nos enfants.

– Aux jours de prison, aux nuits de colère, au travail qui use les doigts, aux amours qui se changent en pourriture, en pierre ou en herbes sèches, en perte, chagrin et à la seule certitude du néant final. Non. Toi aussi, Errante qui dois être, tu jubileras quand les bannières du monde Externe viendront se planter dans la dernière des villes et quand l'homme sera rendu totalement vivant. Maintenant, va avec ceux qui t'enseigneront tout.

La Reine de l'Air et des Ténèbres leva un bras. Il s'immobilisa, et personne ne répondit à son appel.

Car un horrible grondement couvrait les mélodies et le bruit des fontaines. Des flammes bondirent, le tonnerre explosa. Les hôtes de Barbro se dispersèrent en hurlant, devant la chose d'acier qui escaladait la montagne. Les pooks s'envolèrent dans un tourbillon d'ailes affolées. Les nicors jettèrent leurs corps lourds contre l'envahisseur inanimé et furent consumés, jusqu'à ce que leur Mère leur crie de reculer.

Barbro jeta Jimmy par terre et le recouvrit de son corps. Des tours chancelaient et disparaissaient en fumée. La montagne resta nue sous les lunes glaciales, avec ses rochers, ses crevasses, ses éperons et, au loin, un glacier. L'ouverture d'une caverne obscurcissait une falaise. Des êtres s'y engouffraient, cherchant asile sous la terre. Certains étaient humains de sang, d'autres grotesques comme les pooks, les nicors et les spectres; mais la plupart étaient décharnés, écailleux, avec une longue queue et un long bec, en aucune façon dcs hommes ni des Externes.

Pendant un instant, alors que Jimmy pleurait bruyamment contre son sein – peut-être autant de peur que parce que l'enchantement s'était dissipé – Barbro plaignit la Reine qui se dressait seule dans sa nudité. Puis celle-là aussi prit la fuite et le monde de Barbro frémit en s'écroulant.

Les armes à feu se turent, le véhicule s'arrêta. Un jeune garçon en bondit qui s'écria follement :

– Ombre-d'un-Rêve, où vas-tu? C'est moi, Mistherd, viens, viens...!

Puis il se souvint que le langage de leur éducation n'était pas celui de l'homme. Il cria dans cette autre langue, jusqu'à ce qu'une fille se glisse hors du fourré où elle s'était cachée. Ils se contemplèrent, dans la poussière, la fumée et le clair de lune. Elle courut vers lui.

Une autre voix cria de la voiture :

– Barbro! Vite!

Christmas Landing connaissait le jour; court en cette saison, mais avec du soleil, un ciel bleu, des nuages blancs, de l'eau étincelante, une brise marine dans les rues animées et le sain désordre de la demeure d'Eric Sherrinford.

Il décroisa et recroisa ses jambes dans son fauteuil, tira sur sa pipe comme pour s'entourer d'un voile et demanda :

– Etes-vous certaine d'être remise? Vous ne devez pas vous surmener.

– Je vais très bien, répondit Barbro Cullen, mais d'une voix morne. Encore fatiguée, oui, et cela doit se voir. On ne peut subir une telle expérience et se remettre en une semaine. Mais je vais et je viens. Et pour être franche, je dois savoir ce qui s'est passé, ce qui se passe, avant de pouvoir m'appliquer à reprendre toutes mes forces. Pas un mot, pas la moindre nouvelle.

– Avez-vous parlé à d'autres de l'affaire?

– Non. J'ai simplement dit aux visiteurs que j'étais trop épuisée pour parler. Ce n'était pas vraiment mentir. Je supposais que la censure avait une raison.

Sherrinford parut soulagé.

– Brave fille. C'est à ma demande pressante. Vous imaginez la sensation, quand tout sera rendu public. Les autorités ont reconnu qu'elles avaient besoin de temps pour étudier les faits, réfléchir et en débattre dans une atmosphère calme, avoir une politique sérieuse à proposer aux électeurs qui seront fatalement affolés au début. (Les coins de sa bouche se retroussèrent un peu.) De plus, vos nerfs et ceux de Jimmy auront le temps de s'apaiser avant que la tempête journalistique ne s'abatte sur vous. Comment va-t-il?

– Très bien. Il continue de me harceler pour que je le laisse aller jouer avec ses amis dans le Lieu Enchanté. Mais à son âge, il se remettra... il oubliera.

– Il est possible qu'il les retrouve plus tard, d'ailleurs.

– Quoi? Nous n'avons... J'ai oublié aussi. Je ne me rappelle pratiquement rien de nos dernières heures. Avez-vous ramené des humains enlevés?

– Non. Le choc était trop brutal, déjà, sans les jeter tout droit dans un... un asile. Mistherd, qui est un jeune homme raisonnable au fond, m'a assuré qu'ils se débrouilleraient, tout au moins pour ce qui est de la survie élémentaire, jusqu'à ce que des dispositions soient prises. (Sherrinford hésita.) Je ne sais pas trop quels seront les arrangements. Personne ne le sait, à l'heure actuelle. Mais, de toute évidence, ils feront en sorte que ces gens – ou un grand nombre, surtout ceux qui ne sont pas encore adultes – rejoignent la race humaine. Il est possible qu'ils ne se sentent jamais chez eux dans la civilisation. Peut-être cela vaut-il mieux, d'un côté, puisque nous aurons besoin d'une liaison mutuellement acceptable avec les Habitants.

Ses manières impersonnelles les apaisaient tous les deux. Barbro changea de position dans son fauteuil et trouva la force de demander :

– Est-ce que je ne me suis pas trop conduite comme une idiote? Je me souviens que j'ai hurlé et que je me suis tapé la tête par terre.

– Mais non. (Il considéra pendant quelques secondes la forte et fière femme, avant de se lever pour aller poser une main sur son épaule.) Vous avez été leurrée et prise au piège par un appel subtil à vos instincts profonds, en un moment de pur cauchemar. Ensuite, quand ce monstre blessé vous a emportée, il est évident qu'un autre type d'être est arrivé, qui a pu vous saturer à courte portée de forces neuropsychiques. Après tout cela, mon arrivée et l'abolition soudaine et brutale de toutes les hallucinations ont dû être atroces. Pas étonnant que vous ayez crié de douleur. Mais avant, vous êtes montée avec Jimmy dans le car, et vous ne m'avez pas gêné un instant.

– Qu'avez-vous fait?

– Eh bien, je suis parti aussi vite que possible. Au bout de plusieurs heures, le temps s'est suffisamment dégagé pour que j'appelle Portolondon et réclame d'urgence un avion. Notez que ce n'était pas vital. Quelles chances avait l'ennemi de nous arrêter? Ils n'ont même pas essayé. Mais un transport rapide a certainement été d'un grand secours.

– C'était ce que je pensais, dit Barbro, et elle surprit son regard. Non, ce que je voulais dire, c'est comment nous avez-vous retrouvés dans la montagne?

Sherrinford s'écarta un peu.

– Mon prisonnier m'a guidé. Je ne pense pas avoir réellement tué les Habitants qui se sont opposés à moi. J'espère que non. La voiture est simplement passée parmi eux, après quelques coups de semonce, et ensuite les a distancés. De l'acier et du carburant contre de la chair, ce n'était pas vraiment juste. A l'entrée de la caverne, j'ai dû tout de même abattre quelques-unes de ces créatures, des trolls. Je n'en suis pas fier.

Il garda un moment le silence, puis :

– Mais vous étiez captive. Je ne pouvais savoir ce qu'ils risquaient de vous faire, qui m'attaquerait... Je ne veux plus de violence.

– Comment avez-vous... obtenu... la collaboration du garçon?

Sherrinford fit quelques pas vers la fenêtre et contempla l'océan Boréal.

– J'ai débranché le bouclier d'esprit. J'ai laissé leur bande s'approcher, dans toute la splendeur de l'illusion. Et puis j'ai rétabli le bouclier et nous les avons vus, tous les deux, sous leurs véritables formes. En roulant vers le nord, j'ai expliqué à Mistherd comment lui et ses semblables avaient été dupés, utilisés, forcés à vivre dans un monde irréel. Je lui ai demandé s'il voulait que ceux qu'il aimait et lui continuent de vivre jusqu'à leur mort comme des animaux domestiques... Oui, en courant sur les collines dans une liberté limitée, mais toujours rappelés au chenil du rêve. (Sa pipe fuma rageusement.) Puissé-je ne jamais revoir tant d'amertume. On lui avait appris à croire qu'il était libre.

Le calme revint là-haut, au-dessus de la circulation trépidante. Charlemagne se rapprochait de l'horizon; déjà l'est s'assombrissait. Enfin Barbro demanda :

– Savez-vous pourquoi?

– Pourquoi des enfants étaient enlevés et élevés ainsi? En partie parce que c'était compris dans le schéma que créaient les Habitants; en partie pour étudier des membres de notre espèce et se livrer à des expériences sur eux... sur les esprits, par les corps; en partie aussi parce que les humains possèdent des forces particulières utiles, par exemple la faculté de supporter le grand jour.

– Mais quel était le but final de tout cela?

Sherrinford se mit à arpenter la pièce.

– Naturellement, les mobiles profonds des aborigènes sont obscurs. Nous ne pouvons que deviner comment ils pensent, sans parler de ce qu'ils éprouvent. Mais nos idées semblent correspondre aux données. Pourquoi se cachaient-ils de l'homme? Je suppose qu'ils... ou plutôt leurs ancêtres – car ils ne sont pas des elfes évanescents, vous savez; ils sont mortels et faillibles aussi – je suppose qu'au début les indigènes étaient simplement prudents, plus prudents que les humains primitifs, encore que certains de ceux de la Terre étaient lents aussi à se révéler à des étrangers. En espionnant, en se tenant mentalement à l'écoute, les Habitants de Roland ont dû suffisamment apprendre la langue pour comprendre combien l'homme était différent d'eux, et combien puissant; ils ont compris que d'autres vaisseaux arriveraient, amenant des colons. L'idée ne leur est pas venue qu'on leur accorderait le droit de garder leurs terres. Peut-être sont-ils encore plus farouchement territoriaux que l'homme. Ils ont décidé de lutter, à leur façon. Il est fort possible que, lorsque nous commencerons à pénétrer cette mentalité, notre science psychologique connaisse sa révolution de Copernic. (Il s'anima, porté par l'enthousiasme.) Ce n'est pas la seule chose que nous apprendrons, non plus. Ils doivent avoir une science à eux, une science non-humaine née sur une planète qui n'est pas la Terre. Car ils nous ont observés aussi profondément que nous avons jamais pu nous observer nous-mêmes; ils ont ourdi un complot contre nous qu'il aurait fallu encore un siècle, sinon plus, pour mener à bien. Que savent-ils d'autre? Comment entretiennent-ils leur civilisation sans agriculture visible, sans bâtiments à la surface du sol, sans mines ni rien? Comment peuvent-ils créer à volonté des espèces intelligentes entièrement nouvelles? Un million de questions, dix millions de réponses!

– Mais pouvons-nous apprendre quelque chose d'eux? demanda tout bas Barbro. Ou ne sommes-nous capables que de les conquérir, comme ils le craignent d'après vous?

Sherrinford s'arrêta, s'accouda à la cheminée, suça sa pipe et répondit :

– J'espère que nous aurons plus de charité pour un ennemi vaincu. C'est ce qu'ils sont. Ils ont essayé de nous conquérir, ils ont échoué, et maintenant nous sommes, dans un sens, contraints de les conquérir, puisqu'ils auront à faire la paix avec la civilisation de la machine au lieu de la voir rouiller et disparaître comme ils le cherchaient. A vrai dire, ils ne nous ont jamais porté de coups aussi atroces que ceux que nous avons infligés à nos semblables humains par le passé. Et, je le répète, ils peuvent nous apprendre des choses merveilleuses, et nous avons beaucoup à leur enseigner aussi, une fois qu'ils auront appris à être moins intolérants envers une autre manière de vivre.

– Nous pourrions sans doute leur donner une réserve, dit-elle.

Elle ne comprit pas pourquoi il grimaçait et répondait si durement.

– Laissons-leur l'honneur qu'ils ont gagné! Ils ont combattu pour sauver le monde qu'ils ont toujours connu ici (d'un geste tranchant il désigna la ville) et il est bien possible que nous serions plus heureux nous-mêmes si nous en avions moins... Je suppose que si les Elfes avaient gagné, l'homme aurait finalement disparu sur Roland, paisiblement, et même avec bonheur. Nous vivons avec nos archétypes, mais pouvons-nous vivre en eux?

Barbro secoua la tête.

– Excusez-moi, je ne comprends pas.

– Quoi? (Il la regarda avec une surprise qui chassa la mélancolie. Après un rire, il répondit :) Que je suis sot! J'ai expliqué cela à tant d'hommes politiques, de savants, de policiers et de Dieu sait quoi, ces jours derniers. J'ai oublié que je ne vous l'ai jamais expliqué. C'était une idée assez vague, pendant notre voyage, et je n'aime pas parler prématurément de mes idées. Maintenant que nous avons vu les Externes, que nous savons comment ils travaillent, je me sens plus certain... (Il tassa le tabac dans sa pipe et reprit :) Dans une certaine mesure, limitée, je me suis servi d'un archétype dans ma carrière : le détective rationnel. Ce n'était pas une pose consciente – pas trop – mais simplement une image qui convenait à ma personnalité et à mon style professionnel. Elle permet d'obtenir des gens une réaction appropriée, qu'ils aient ou non entendu parler de l'original. Le phénomène n'est pas rare. Nous rencontrons des personnes qui, à divers degrés, évoquent le Christ, ou Bouddha, la Terre-Mère ou, sur un plan moins élevé, Hamlet ou d'Artagnan. Historiques, mythiques ou nés de l'imagination du romancier, ces personnages cristallisent des aspects fondamentaux de la psyché humaine, et quand nous les croisons dans la réalité, notre réaction plonge dans le subconscient... L'homme crée aussi des archétypes qui ne sont pas des individus. Les Anima, les Ombres et, semble-t-il, le Monde Extérieur. Le monde de la magie, de l'enchantement, du sortilège, d'êtres à demi humains, certains comme Ariel, d'autres comme Caliban, mais tous libérés des fragilités et des peines des mortels et par conséquent, peut-être, un peu cruels par désinvolture, plus qu'un peu rusés, hantant le crépuscule et le clair de lune, pas vraiment divins mais obéissant à des maîtres énigmatiques et assez puissants pour être... Oui, notre Reine de l'Air et des Ténèbres savait bien quels spectacles montrer à des gens solitaires, quelles illusions tisser autour d'eux de temps en temps, quels chants et légendes répandre parmi eux. Je me demande ce qu'elle et ses serviteurs ont glané dans les contes de fées humains, ce qu'ils ont inventé eux-mêmes et ce que l'homme a recréé, involontairement, tandis qu'il était pénétré de l'impression de vivre au bord du monde.

Les ombres envahissaient la pièce. Il faisait plus frais et le bruit de la circulation se calmait. Barbro demanda à mi-voix :

– Mais qu'est-ce que ça provoquerait?

– Par bien des aspects, l'exopaysan est vraiment revenu au Moyen Age. Il a peu de voisins, il reçoit peu de nouvelles d'au delà de son horizon, il se donne du mal pour survivre dans une terre qu'il ne comprend qu'en partie, qui peut à tout instant l'accabler de désastres imprévisibles, qui est entourée d'immenses terres sauvages et inconnues. La civilisation de la machine qui a amené ses ancêtres ici est fragile, au mieux. Il pourrait la perdre comme les nations du Moyen Age avaient perdu la Grèce et Rome, comme la Terre entière semble l'avoir perdue. Qu'il soit travaillé, longtemps, fortement, astucieusement, par le Monde Externe archétypique, jusqu'à ce qu'il en vienne à croire fermement que la magie de la Reine de l'Air et des Ténèbres est plus puissante que l'énergie des machines, et d'abord sa foi puis ses actes iront vers elle. Oh! cela ne se passe pas rapidement. Idéalement, ce serait trop lent pour être remarqué, particulièrement des gens des villes satisfaits d'eux-mêmes. Mais quand finalement un arrière-pays revenu à des millénaires en arrière se détournerait d'eux, comment pourraient-ils rester en vie?

– Elle m'a dit, souffla Barbro, que lorsque leurs bannières se planteraient dans la dernière de nos villes, nous nous réjouirions.

– Je crois que nous nous serions réjouis, à ce moment, reconnut Sherrinford. Néanmoins, je suis d'avis que chacun choisisse son propre destin.

Il se secoua, comme s'il se débarrassait d'un fardeau. Il tapa sa pipe pour la vider et s'étira lentement, muscle par muscle.

– Eh bien, dit-il, cela n'arrivera pas.

Elle le regarda dans les yeux.

– Grâce à vous.

Les joues de l'homme s'empourprèrent.

– Avec le temps, je suis sûr que quelqu'un d'autre aurait... D'ailleurs, l'important c'est ce qu'il faut faire maintenant et la décision est trop importante pour un seul homme ou une seule génération.

Elle se leva et murmura, en se sentant rougir elle-même :

– A moins que la décision soit personnelle, Eric.

Il était singulier de le voir intimidé.

– J'espérais que nous nous reverrions...

– Nous nous reverrons.

Ayoch était assis sur le Tertre de Wolund. L'aurore boréale frémissait, si brillante, en de si vastes nappes de lumière, qu'elle cachait presque les lunes pâlissantes. Les fleurs des épines-de-feu étaient tombées; quelques-unes brillaient encore parmi les racines des arbres, parmi le brok sec qui craquait sous les pas et sentait la fumée de feu de bois. L'air restait doux mais il n'y avait plus aucune lueur à l'horizon du couchant.

– Adieu, bonne chance! cria le pook.

Mistherd et Ombre-d'un-Rêve ne se retournèrent

pas une seule fois. Comme s'ils n'osaient pas. Ils marchèrent lentement, hors de vue, vers le camp humain dont les lumières créaient une nouvelle étoile dure dans le sud.

Ayoch s'attarda. Il sentait qu'il devrait aussi dire adieu à celle qui avait rejoint dernièrement celui qui dormait dans le dolmen. Sans doute plus personne ne se donnerait rendez-vous là, pour l'amour ou la magie. Mais il ne put se souvenir que d'un ancien quatrain qui ferait l'affaire. Il se dressa et chanta :

> « De son sein
> Une fleur est montée.
> L'été l'a brûlée.
> La chanson est finie. »

Puis il déploya ses ailes pour le long vol lointain.

CHEZ NOUS

Comme une balle, mais une balle qui cherchait sa propre cible, la navette jaillit du vaisseau porteur et quitta son orbite. Des étoiles fixes et hivernales se bousculaient, chassant l'obscurité. Le regard de Yakov Kahn se tourna vers le hublot au-dessus du tableau de pilotage, à travers trente-trois années-lumière, vers l'étincelle de Sol. Presque convulsivement, il se détourna, cherchant l'argent coagulé de la Voie Lactée et le déploiement du Sagittaire. Là, derrière des nuages de poussière où naissaient de nouveaux soleils, se trouvait le cœur de la galaxie.

Autrefois, il avait rêvé de l'explorer lui-même. Mais il n'était alors qu'un enfant, perché sur le toit, cherchant à percer du regard les cieux brumeux de la ville, ne songeant qu'à être là-bas au loin. Ensuite, le rêve s'était échoué contre les écueils de la distance, de l'énergie, de l'économie. L'épave n'avait pas sombré tout à fait. Ses fils, ses petits-fils, peut-être...

Non. Probablement aucun homme n'irait jamais.

A côté de lui, la tête burinée de Bill Redfeather se penchait sur les instruments.

– Tout fonctionne, annonça-t-il.

Les lèvres de Kahn se retroussèrent légèrement.

– Je l'espère bien.

Redfeather parut irrité. C'était la responsabilité du pilote, et non du co-pilote, de s'assurer qu'ils ne s'embraseraient pas comme un météorite dans l'atmosphère.

La face nocturne de la planète s'enflait devant eux, monstrueuse noirceur comparée aux lumières de la Terre, mais bordée du côté du jour de bleu et de rouge rosé. Un océan luisait du métal poli d'un ouragan; cela aussi leur était étranger : pas de couverture pélagiculturelle, pas de villes flottantes, ni de réseau aérien de voies de communication. En voyant comme Kahn contemplait le spectacle, Redfeather se radoucit.

– Tu penses beaucoup trop, Jake.

– Ma foi... Mon dernier voyage spatial...

– Tais-toi donc. Ils auront encore besoin d'hommes sur la route lunaire.

– Une bonne navette sans danger, grogna Kahn, son accent israélien durcissant son anglais. Non merci. Je tirerai un trait et resterai sur la Terre. Il est grand temps que je fonde une famille, d'ailleurs. Si je peux trouver une fille. Près de soixante-dix ans ont passé depuis que nous sommes partis. Et même alors, j'étais un anachronisme, trop de missions vers trop d'étoiles... Assez! Défense de s'apitoyer!

– Je me demande comment ils sont, maintenant, dit Redfeather.

Kahn s'arracha à ses pensées.

– Hein? Qui ça?

– Les gens, naturellement. Un siècle ici, coupés du reste de la race humaine. Ils ont dû changer.

Jusqu'à présent, l'équipage avait peu parlé de ce qu'ils trouveraient. Trop déprimant. Mais ils devaient cesser de se dérober.

– Ils te paraîtront probablement plus familiers qu'à moi, puisqu'ils sont venus d'Amérique du Nord.

Leurs rapports radio n'ont pas suggéré plus de modifications sociales que l'on ne peut en attendre d'une base scientifique. Un certain côté primitif, j'imagine; rien de plus.

– Même parmi les non-humains?

– Ils n'ont pas l'air d'avoir eu beaucoup d'influence les uns sur les autres. Une trop grande différence. Je crois que Mithras lui-même en est la cause principale.

– Comment ça?

– De la place pour aller et venir. Un pays désert. Des horizons. Mais nous verrons bien.

La navette arrivait maintenant dans la zone diurne. Groombridge 1830 s'élevait, aveuglant, au-dessus de la courbe de sa planète la plus intérieure. Des nuages dorés dérivaient au delà des plaines et des grandes montagnes plissées.

– Tu crois qu'on aura l'occasion de chasser? demanda avidement Redfeather. Je veux dire, pour de vrai, pas en tirant sur un robot dans un parc d'attractions.

– C'est sûr. Nous aurons le temps. Ils ne peuvent pas plier bagage et partir dès l'appel que nous lancerons, une fois sur orbite.

– Je trouve ça moche, de mettre fin au projet. J'espère qu'ils ont résolu le problème de rotation, en tout cas.

– Quoi?

– Tu sais bien : avec l'action des marées que doit exercer ce soleil, pourquoi Mithras n'a-t-il qu'un jour de soixante heures?

– Oh ça! On y a répondu dans la première décennie de la base. J'ai lu de vieux rapports. Un noyau liquide plus petit signifie moins de friction isostatique. D'autres facteurs entrent en jeu aussi, comme l'absence de satellite. Une broutille, à côté de ce qu'ils ont appris depuis. Imagine une biochimie comme celle de la Terre mais avec sa propre évolution, des indigènes aussi intelligents que nous mais pas humains, un *monde* tout entier.

Le poing de Kahn s'abattit sur son accoudoir. Il rebondit un peu dans son harnais, sous la pression de la basse décélération.

– Le Directorat est composé d'idiots, grommela-t-il. Mettre fin à tout le programme interstellaire uniquement parce que je ne sais quelle machine comptable a déclaré que la population a tellement augmenté et que les ressources sont si basses que nous ne pouvons pas nous permettre de continuer d'apprendre. Bon Dieu, nous ne pouvons pas nous permettre de ne *pas* apprendre! Sans nouvelles connaissances, quel espoir avons-nous de changer les choses?

– Si ça se trouve, les Directeurs y ont pensé aussi, bougonna Redfeather.

Kahn jeta un coup d'œil aigu au co-pilote. Parfois, Redfeather le surprenait.

La péniche descendit la rivière Benison, passa le détroit de Riptide où se déployait la baie du Désir. Le soleil se couchait, énorme boule d'or rouge incendiant les eaux. A des kilomètres, sur la rive opposée, la Princesse dressait son pic bleu très haut au-dessus des toits du village du Withylet; plus près, les voiles des bateaux étaient aussi blanches que les ailes des siffleurs de mer croisant au-dessus d'eux. L'air était encore tiède, mais par une fenêtre ouverte David Thraikill respira la fraîcheur de la brise et une odeur de sel, venant de l'océan des Tempêtes, au delà de la Porte.

– Tu veux prendre la barre, chérie? demanda-t-il à Léonie.

– Volontiers, si cela ne te fait rien de t'occuper de Vivian, répondit sa femme.

Thraikill alla à l'arrière en traversant la cabine pour prendre une bouteille de bière dans le réfrigérateur. Le halètement du moteur était plus fort, à cet endroit, et paraissait un peu irrégulier. Mais, se dit-il, une révision totale était nécessaire, après un si long voyage en amont. Il retourna vers l'avant, sa fille de sept ans sur les talons. (Elle aurait eu trois ans, sur la Terre, un âge enchanteur, et déjà il voyait qu'elle aurait la beauté blonde de sa mère et un peu de son propre sérieux.) Léonie rit en les voyant passer.

Fortequeue était sur la terrasse, pour savourer la vue. Ils suivaient la rive est de la baie. Elle était aussi abrupte que celle d'en face, avec ses collines encore vertes des pluies d'hiver légèrement teintées du fauve de l'été. Des flammefleurs éclataient de leurs vives couleurs dans les pseudoherbes et les bosquets dispersés. Thraikill replia sa silhouette dégingandée dans un fauteuil, posa ses pieds sur la balustrade et porta la bouteille à ses lèvres. La fraîcheur piquante pétilla dans sa gorge, comme l'eau fendue par les étraves jumelles.

– Je regrette presque de rentrer chez nous, soupira-t-il.

Vivian gambada vers Fortequeue, serrant contre elle plusieurs balles.

– Tu jongles? implora-t-elle.

– Certes, répondit le Mithran.

L'enfant rit de joie et rebondit autant que les balles. Fortequeue avait une adresse exceptionnelle, pour faire danser les balles dans l'air. Sa structure l'y aidait, naturellement. La première expédition avait comparé les autochtones à des kangourous à tête d'oiseau, aux bras longs comme ceux d'un gibbon. Mais un homme qui avait passé sa vie parmi eux n'avait nul besoin de chimères. Aux yeux de Thraikill, la petite forme nue, couverte de fourrure brune, était une unité, plus gracieuse et dans un sens plus belle que n'importe quelle créature humaine.

Son mince bec entrouvert, Fortequeue jonglait en lançant ces trilles qu'aucun homme ne pouvait imiter sans vocaliseur.

– Oui, une plaisante aventure, dit-il. La chance veut que nous ayons de nombreux prétextes de la renouveler.

– C'est certain, dit Thraikill en souriant. Ils vont être médusés, à Treequad. Depuis près de deux cent cinquante ans, nous parcourons le monde et jamais nous n'avions rêvé d'une culture si extraordinaire aux sources du Benison. C'est Jaguar-Peint qui va être surpris!

Il parlait anglais. Après un siècle terrestre de contact, les Mithrans de la baie comprenaient la langue, même s'ils n'étaient pas capables de la parler. Et naturellement, tous les enfants humains savaient ce que signifiaient les trilles de leurs camarades de jeux. Néanmoins, on ne pouvait voyager loin sans trouver des singularités, cela n'était pas surprenant, sur une planète dont la civilisation la plus avancée était pré-industrielle et dont aucun indigène ne s'intéressait à l'exploration ou à la colonisation.

Parfois, ils exaspéraient un peu Thraikill. Ils étaient bien trop gentils, sans pour autant manquer de vigueur, de gaieté, etc. On ne pouvait rêver meilleur compagnon que Fortequeue. Mais il n'avait aucune ambition. Il avait aidé à construire ce bateau, il avait participé à l'expédition de xénologie, pour s'amuser et faire plaisir à son copain. Quand les mœurs des tribus riveraines s'étaient découvertes dans toute leur étonnante complexité, il n'avait pas compris la surexcitation des humains; pour lui, ce n'était qu'un sujet d'amusement.

Thraikill chassa ce souvenir. « Mithras est leur planète, se répéta-t-il. Nous sommes ici uniquement parce que leurs ancêtres ont été assez courtois pour laisser les nôtres établir une base. S'ils acceptent rarement les équipements ou les idées que nous leur offrons, s'ils refusent toutes les occasions d'accomplir réellement quelque chose, c'est leur affaire. J'envie peut-être leur attitude. »

– Je n'ai pas saisi ta dernière allusion, dit Fortequeue.

– Hein? Jaguar-Peint? Une vieille histoire de chez nous.

Thraikill se tourna vers le soleil qui teignait d'ambre la brume entourant la Princesse. Il n'avait jamais vu autrement que sur film, le soleil de la Terre, petit, féroce et rapide dans le ciel.

– Je ne suis pas sûr de très bien la comprendre moi-même, ajouta-t-il.

La Pointe Désir apparut; c'était ce qui se rapprochait le plus d'une ville dans la région : quelques centaines de maisons de pisé aux toits de tuiles rouges, sur un promontoire, au-dessus des docks. Une dizaine de bateaux étaient au mouillage, en majorité des cotres de commerce de la rive sud de la baie.

– Tout pressé que je suis de retrouver les miens, dit le Mithran, je crois que nous aurions tort de ne pas dîner avec Riche-en-Paix.

Thraikill éclata de rire.

– Allons donc, vieil hypocrite! Tu sais très bien que tu veux goûter à sa cuisine. Tout compte fait, moi aussi.

La péniche avançait toujours. Quand elle croisait une autre embarcation, Fortequeue échangeait des sifflements joyeux avec ses passagers. Le fait que le lourd bateau naviguait sans voiles ni avirons n'était plus une cause d'émerveillement et, d'ailleurs, n'avait jamais beaucoup étonné; les gens trouvaient normales les curieuses façons des humains.

– Oui, ce voyage a été délicieux, reprit Fortequeue. Les brumes matinales blanches et légères, les îles cachées parmi les plantes d'eau, nos parties de pêche à la traîne et, la nuit, nos jeux dans notre petit monde douillet... J'aimerais bien avoir une péniche d'habitation.

– Tu peux te servir de celle-ci quand tu veux, tu sais.

– Oui, mais tant de parents et d'amis voudraient m'accompagner que des années passeraient avant que chacun partage mon plaisir. Il faudrait au moins une autre péniche.

– Eh bien, construis-en une. Je t'aiderai quand j'en aurai le temps et tu pourras faire monter le moteur à Treequad.

– Mais que devrais-je donner en échange? Il me faudrait travailler dur pour récolter les vivres ou le bois que le constructeur demanderait, dit Fortequeue. (Il se détendit.) Non, trop d'autres joies attendent, les randonnées dans le Bois de l'Ermite, le farniente à Broadstrands, la musique sous les étoiles. Ou jouer avec ta fille.

Il lança les balles dans une suite de rebonds qui fit pousser des cris de joie à Vivian.

Le bateau se glissa dans un appontement. Puis ce fut la routine de l'amarrage, du rangement, de l'emballage de tout ce qui devait être débarqué. Ce fut rapide car plusieurs Mithrans qui pêchaient sur la jetée s'interrompirent pour venir les aider. Ils semblaient agités, pour une raison qu'ils ne voulurent pas expliquer. Bientôt tout le monde suivit la jetée jusqu'à l'extrémité du dock. Les planches claquaient sous les pas.

L'auberge de Riche-en-Paix n'était pas grande, même pour la région. Quelques clients étaient assis sur leur queue, devant un comptoir, taillé dans un seul tronc de bois-d'écarlate, et ils parlaient avec plus d'animation que d'habitude. Léonie laissa la porte treillissée se replier derrière elle.

– Bonjour! s'exclama-t-elle. Nous revenons pour votre délicieuse soupe de poisson.

– Et pour la bière, rappela Fortequeue. N'oublions pas la bière.

Riche-en-Paix s'affaira derrière son comptoir. Ses grands yeux d'ambre pétillaient. Le silence se fit dans la salle; elle était chez elle, c'était à elle d'annoncer la nouvelle.

– Vous n'êtes pas au courant? gazouilla-t-elle.

– Non, répondit Thraikill. Notre radio est tombée en panne. Qu'est-il arrivé?

Elle écarta les mains. Elles avaient chacune trois doigts, placés à angle droit.

– C'est merveilleux! Un vaisseau est venu de votre pays. Ils disent que vous pouvez rentrer chez vous.

Comme si, brusquement, elle comprenait ce que cela signifiait, elle s'interrompit. Au bout d'un moment, elle ajouta :

– J'espère que vous reviendrez nous voir.

« Elle ne comprend pas, se dit Thraikill, stupéfait. (Il sentit vaguement Léonie lui saisir le bras.) C'est un voyage sans retour. »

Le couchant brasillait de bronze et d'or. Des hauteurs de Treequad, Kahn et Thraikill apercevaient, au delà des collines violettes qui flanquaient la Porte, l'océan des Tempêtes. Le xénologue soupira.

– J'ai toujours rêvé de construire un véritable schooner de haute mer et d'aller là-bas. Naviguer jusqu'à la Porte du Sud... quel voyage!

– Je suis surpris que les indigènes ne l'aient pas

fait, dit Kahn. Ils en ont l'air capables et ce serait préférable, pour le commerce, à ces pénibles routes par voie de terre dont vous m'avez parlé.

– Je l'ai suggéré, et mon père avant moi. Mais aucun d'eux n'a jamais eu envie de faire l'effort initial. Autrefois, nous avons pensé à le faire nous-mêmes, pour donner l'exemple. Mais nous étions trop occupés et trop peu nombreux.

– Si les indigènes sont si paresseux, pourquoi cherchez-vous à améliorer leur sort ?

L'insulte faite à ses Mithrans hérissa Thraikill, et puis il se souvint que Kahn ne pouvait comprendre.

– Paresseux est un bien grand mot, dit-il. Ils travaillent aussi dur qu'il le faut. Leurs arts rendent les nôtres ridicules. Disons simplement qu'ils sont moins aventureux que les humains. (Il sourit un peu ironiquement.) La vraie raison, c'est sans doute que nous avons fait beaucoup ici, mais que nous voulions faire bien plus. Pas par altruisme, rien que pour le plaisir.

Sa gaieté se dissipa. Il se détourna de la Porte gardée par les lanternes clignotantes de Goodwort et de Withylet, vers la nappe de mercure de la baie et Treequad à leurs pieds.

– Ainsi, je ne vais pas construire ce schooner, murmura-t-il. (Puis, plus durement :) Venez, nous devons rentrer.

Ils descendirent de la colline par une piste serpentant entre les grands arbres parfumés; le feuillage bruissait au crépuscule, un vol d'oiseaux des marais passa, regagnant leurs nids en trompetant, des insectes bourdonnaient dans les pseudoherbes. Tout en bas, Treequad était une tache d'ombre emplissant la plaine entre les collines et la baie. Des lumières brillaient aux fenêtres et la tour du Centre se profilait, mince sur la toile de fond des eaux; il régnait une ambiance de franchise et de paix, avec une sorte de mystère sous-jacent que les hommes ne pouvaient définir.

– Pourquoi vous êtes-vous établis ici, plutôt que dans la ville plus au nord? demanda Kahn.

Sa voix paraissait rauque et forte, et sa façon de sauter d'un sujet à l'autre était aussi une offense à la sérénité. Mais cela ne gênait pas Thraikill. Il avait reconnu dans le sombre capitaine un homme de son espèce; c'est pourquoi il l'avait invité à habiter chez lui et l'avait emmené pour cette promenade.

« Seigneur, que peut-il faire sinon sauter à l'aveuglette sur tout ce qu'il remarque? Il y a une génération qu'il a quitté la Terre; et même s'il avait lu tous les rapports que nous avons envoyés jusqu'alors, dans le fond nous n'avons jamais pu transmettre qu'une fraction de ce que nous voyions, entendions et faisions. Il a deux siècles et demi, ou plutôt un siècle terrestre de retard et de questions à poser. »

Thraikill regarda autour de lui. A l'est, où les premières rares étoiles s'aventuraient, le ciel avait une couleur de prune. « Nous-mêmes, pensa-t-il, avons dix, cent... dix mille ans de questions qui ne seront jamais posées, à présent. »

– Pourquoi Treequad? dit-il lentement. Eh bien, ils avaient déjà ici un Collège de Poètes et de Cérémonialistes, disons l'équivalent d'une communauté intellectuelle, encore qu'en termes humains ce ne soit pas grand-chose. Ils nous étaient des intermédiaires utiles, pour traiter avec les indigènes moins cultivés. Et puis... la Pointe Désir est un centre de commerce, et, par conséquent, mérite d'être étudiée. Nous ne voulions pas troubler son fonctionnement en y implantant notre propre race.

– Je vois. C'est aussi pourquoi vous n'avez pas augmenté le nombre des colons?

– En partie. Nous aimerions bien. Ce continent, toute cette planète sont tellement sous-peuplés que... Mais une base scientifique ne peut se permettre de trop s'étendre. Comment pourrait-on rapatrier tout le monde une fois qu'elle serait supprimée? Maudits soyez-vous, sur Terre! s'écria-t-il avec rage. Vous nous supprimez trop tôt!

– Je le reconnais. Si cela peut vous consoler, toutes les autres colonies sont supprimées aussi. Elles ne s'en plaignent pas trop. C'est ici le seul monde que nous ayons découvert où l'homme puisse vivre sans emporter partout sa propre coquille d'environnement.

– Quoi? Il doit bien y en avoir d'autres!

– Certes. Mais quelle distance avons-nous explorée? Moins de cinquante années-lumière. Et nous n'avons pas visité la moitié des étoiles dans ce rayon. Vous ne savez pas quel projet gigantesque cela représente de chercher à atteindre la vitesse de la lumière. Trop gigantesque. L'épuisement de la Terre met fin à tout l'effort entrepris. Je doute qu'il soit jamais repris.

Thraikill eut soudain froid. L'idée ne lui était pas encore venue, dans l'excitation de la rencontre avec les navigateurs, mais...

– Que pourrons-nous faire en arrivant là-bas? demanda-t-il. Nous ne sommes pas faits pour... pour la vie citadine.

– N'ayez crainte, assura Kahn. Des universités, des fondations, des émissions audio-visuelles, je ne sais combien d'institutions seront enchantées de vous avoir. Du moins, c'était ainsi quand je suis parti et la société semble s'être figée. Et vous devriez avoir des sujets de conversation mondaine pour le reste de votre vie, avec vos aventures sur Mithras.

– Hum, sans doute.

Thraikill passa en revue quelques fragments de sa vie.

Des aventures, oui. L'escalade, en compagnie de Tom Jackson et de Reflet-d'Ailes, des Dents de Neige, l'aride blancheur au-dessus, le vent hurlant au-dessous, le tonnerre et les panaches d'une avalanche à travers une vallée, l'énorme bête velue surgie d'une caverne, qu'ils devaient tuer avant qu'elle ne les tue. Ou le passage des rapides sur un torrent qui cascadait des collines de l'Eau-d'Or, l'arrivée à Volcano, trempés et grelottants, le récit de leurs exploits devant une bouteille d'alcool dans la salle enfumée de l'auberge de Monstrefléau. Les flâneries pleines de périls dans les ruelles et les temples de Fivedom, l'attaque, dans le fortin de Tearwort, d'une horde d'indigènes à demi intelligents et terriblement féroces; la traversée des Désolations jusqu'à la Porte-du-Sud en suivant les caravanes, au son des tambours invisibles qui résonnaient dans les collines sèches; ou simplement ce dernier voyage, le long du Benison, dans les brouillards et les plantes d'eau, vers ces terres où les habitants ne consacraient leur vie qu'à des rites qui n'avaient aucun sens et dont on n'osait rire... Certes la Terre n'offrait rien de tel et les gens de l'écran-vision paieraient cher pour y goûter et assaisonner leurs fantaisies.

Thraikill se rappelait clairement des temps plus paisibles mais ne voyait pas comment ils pourraient être racontés. L'Auberge de la Poétesse, petite et douillette sous la masse menaçante du Mont Démon, la lumière du feu de bois, les chants, la camaraderie; les ombres, les taches de soleil et le silence du Bois de l'Ermite; le départ à la voile vers l'île du Poisson-Chien avec Léonie, pour leur nuit de noces, afin que le lever du soleil puisse les trouver seuls dans une calanque (comme les étoiles étaient brillantes alors! même le petit Sol était un phare pour eux); plus tard, les châteaux de sable avec Vivian à Broadstrands, où les rouleaux venaient s'écraser au bout d'une course de dix mille kilomètres sur l'océan. Ils terminaient ces journées à la recherche de quelque auberge pittoresque à Kings Point Station ou à Goodwort, et Vivian s'endormait au grincement des avirons tandis que le ferry-boat les ramenait chez eux.

Mais c'était là des souvenirs personnels.

Il s'aperçut qu'ils marchaient depuis pas mal de temps en silence. On n'entendait que leurs pas sur les pavés, maintenant qu'ils étaient redescendus en ville, ou bien quelques trilles venant des maisons massées de chaque côté de la route. La courtoisie lui commandait de faire la conversation au compagnon à peine visible qui se tenait à sa droite.

– Que ferez-vous? demanda-t-il, quand nous serons rentrés?

– Je ne sais pas, répondit Kahn. J'enseignerai, peut-être.

– Quelque chose de technique, sans aucun doute.

– Je le pourrais, si besoin était. La science et la technologie ne changent plus d'une génération à l'autre. Mais je préférerais l'histoire. J'ai eu énormément de temps pour lire des livres d'histoire, dans l'espace.

– Vraiment? Pourtant, l'effet de contraction temporelle...

– Vous oubliez qu'avec l'accélération gravitationnelle, il faut un an à un vaisseau pour atteindre une vitesse proche de celle de la lumière, et encore un an pour freiner. Les passagers sont en suspension d'animation mais l'équipage doit veiller.

Kahn alluma une cigarette. Plus tôt, Thraikill avait essayé mais le tabac l'avait rendu malade. Il se demanda un instant si la cuisine de la Terre avait la saveur de celle de Mithras. « C'est drôle, je n'appréciais pas l'amandecroûte ou les noix amères ou le filet de craquelet, avant la menace de les perdre. »

Le bout de la cigarette scintillait et se ternissait, scintillait et se ternissait, comme un minuscule phare rouge dans le crépuscule.

– Après tout, dit Kahn, j'ai assisté à bien des événements humains. Je suis né avant l'accession au pouvoir du Directorat. Mon père était technicien de radiation pendant la Guerre Solaire. Et puis j'appartiens à un peuple ancien, qui en a pris pour son grade durant toute son existence historique. Il est normal que je m'intéresse à l'histoire. Vous avez eu plus de chance.

– Et les Mithrans encore plus, hein?

– Je ne sais pas. Jusqu'ici, c'est essentiellement une race sans histoire. Mais est-ce bien vrai? Comment le savoir? Nous regardons avec nos propres yeux. Pour nous, l'accomplissement équivaut à l'exploitation du monde. Nos arts et nos sciences les plus purs demeurent une forme de conquête. Que pourraient encore faire les Mithrans, en termes mithrans?

– Laissez-nous conserver la base, et nous continuerons à vous envoyer des rapports sur ce qu'ils font.

– Ce serait merveilleux mais il n'y aura plus de vaisseaux pour rapatrier vos descendants. Pendant un siècle, vous vous êtes maintenus comme une enclave de quelques centaines de personnes. Vous ne pouvez pas continuer éternellement. Sans parler des autres risques, le déclin génétique, dans une population aussi réduite, vous détruirait.

Ils marchèrent ensuite en silence jusqu'au Centre. C'était un village dans le village, serré autour de la tour d'où partaient les maîtres rayons qui transmettaient aux Terriens, via le satellite-relais les réponses aux questions qu'ils se posaient sur l'univers. « Plus jamais, pensa Thraikill. La poussière s'amoncellera, les chats-de-nuit nicheront dans les instruments de contrôle, des légendes seront marmonnées sur les grands étrangers qui avaient bâti et étaient partis, et, un siècle ou l'autre, un tremblement de terre abattra cette tour qui parlait à travers l'espace et les mythes eux-mêmes mourront. »

A l'extrémité du Mail, près du clair clapotis de la Fontaine de Louis, ils s'arrêtèrent. Là se trouvait la maison de Thraikill, longue et solide, faite pour durer. Son grand-père avait commencé la construction, son père l'avait achevée, lui-même avait voulu ajouter des pièces mais n'avait aucune raison de le faire puisqu'il ne serait autorisé à avoir que deux enfants. Les fenêtres étaient éclairées et il entendit une symphonie de voix mithranes.

– Diable, murmura-t-il. Nous avons de la visite.

Il poussa la porte. Des flammes dansaient dans la cheminée, luttant contre la fraîcheur du soir. Leurs lueurs se reflétaient sur le beau grain des boiseries, brillaient sur les tapis de couleurs vives et la statue de cuivre, luisaient dans le pelage lustré des convives qui emplissaient la pièce : Fortequeue, Reflet-d'Ailes, Etoile-de-Nuit, Don-de-Dieu, Rêveur, Elfe-dans-la-Forêt et bien d'autres, tous ceux pour lesquels il s'était pris d'amitié et qui pouvaient venir assez vite. Ils étaient assis sur leur queue, la mine grave, des tasses de thé d'herbe dans leurs mains, tandis que Léonie vaquait à ses devoirs de maîtresse de maison. Elle se retourna quand Thraikill et Kahn entrèrent.

– Vous arrivez bien tard! Je commençais à m'inquiéter.

– Il n'y avait pas de quoi, répondit Thraikill, surtout à l'intention de Kahn. Le dernier tigrôdeur de la région a été abattu il y a cinq ans. « Par moi. Encore une aventure... Ha! Quelle traque dans les replis des collines. Les Mithrans n'aimaient pas ça. Ils attachaient une espèce de signification à ces vilaines bêtes. Mais les tigrôdeurs n'attaquaient jamais les Mithrans. Quand le petit Harris a été tué, nous avons cessé d'écouter leurs objections. Nos amis ont fini par nous pardonner. » Il les regarda à tour de rôle et dit selon le protocole :

– Vous honorez ce toit. Soyez les bienvenus dans la bonne humeur.

La musique de Fortequeue fut un chant funèbre :

– Est-il vrai que vous ne pourrez jamais revenir?

– Oui, je le crains, répondit Thraikill (et à Kahn, en aparté :) Ils veulent que nous restions. Je ne sais trop pourquoi. Nous n'avons rien fait de spécial pour eux.

– Mais vous avez essayé, dit Etoile-de-Nuit. C'était déjà beaucoup.

– Et vous étiez un sujet d'étonnement, dit Elfe-dans-la-Forêt.

– Vous avez fait notre joie, dit Fortequeue. Pourquoi devez-vous partir?

– Nous avons tenu conseil, chanta Don-de-Dieu, et nous sommes venus vous demander de la part de tous de rester.

– Mais nous ne pouvons pas! s'écria Léonie d'une voix brisée.

– Pourquoi ne pouvez-vous pas? demanda Rêveur.

Ce fut une illumination pour Thraikill. Il se dressa dans la maison de ses pères et cria :

– Pourquoi pas? Nous le pouvons!

La longue nuit prenait fin. A son réveil, Kahn emprunta un des voleteurs qui avaient été construits sur place et se mit à la recherche de Bill Redfeather parti en randonnée avec un autochtone.

L'appareil traversa la baie en vrombissant, sous des constellations presque semblables à celles de la Terre. Trente-trois années-lumière représentaient peu de chose, dans la galaxie. Mais les hommes n'utilisaient plus les noms donnés par les hommes; ici, c'étaient le Bateau, le Jardin de Guérison, le Quatuor, qui tournaient et scintillaient autour d'une autre étoile polaire. « Je suppose qu'il y a d'autres influences indigènes, pensa-t-il. Pas beaucoup, mais quelques-unes. Je me demande quel genre de civilisation ils bâtiraient. Sur cette planète riche et peu peuplée, ils devraient forcément faire mieux que sur la Terre. Avec le temps, ils seraient capables de lancer leurs propres vaisseaux spatiaux. »

La carte qui se déroulait le guida vers Starkbeam. Quand le hameau fut en vue, il capta les émissions de l'émetteur-récepteur portable de Redfeather et se laissa conduire par elles vers un pic dominant les collines de la péninsule et la grande forêt de bois-d'écarlate. Il descendit verticalement et se posa dans une prairie.

La rosée trempa son pantalon quand il sauta du voleteur. Le ciel pâlissait à l'est mais les étoiles répandaient encore leur clarté et un feu de camp flamboyait devant une tente. Redfeather et Fortequeue étaient accroupis là, presque invisibles dans la pénombre. Les glouglous qui s'échappaient d'un chaudron posé sur des branchages embrasés rivalisaient joyeusement avec les premiers pépiements ensommeillés des oiseaux. L'air était vif et Kahn frissonnait; il fut heureux de s'asseoir et de tendre ses mains vers les braises.

Fortequeue chantonna quelques notes.

– Je crois qu'il veut dire « bienvenue », dit Redfeather.

Fortequeue hocha la tête.

– Le petit déjeuner sera bientôt prêt. Ou le déjeuner, ou je ne sais quoi. Difficile de s'habituer à cette période diurne. Que font ceux de la base?

– Environ vingt heures de veille, dix de sommeil, le tour du cadran, répondit Kahn. Avez-vous fait une bonne excursion?

– Ah oui! Fortequeue est un guide épatant, même s'il ne peut pas me parler. C'était très gentil de ta part de m'emmener. (Fortequeue trilla de plaisir.) J'aurais bien aimé chasser, mais mon copain n'est pas trop d'accord. Enfin... J'étais quand même heureux de me promener en forêt, reconnut Redfeather en remuant le contenu de la marmite. Je suppose que tu vas te joindre à nous?

– Non, je ne suis pas venu pour ça.

Kahn alluma une cigarette et tira quelques bouffées rapides, nerveuses.

– Le devoir. Je regrette, mais il faut que tu reviennes directement avec moi.

– Hein? Pourquoi si vite? A moins que les gens aient changé d'avis?

– Non, pas du tout. Ils ont passé la nuit à discuter. Il n'y en a pratiquement aucun qui veut repartir avec nous. J'ai protesté, j'ai tout fait, mais autant essayer de convaincre ces arbres.

– Pourquoi t'en faire, Jake? Nous n'avons pas reçu l'ordre exprès de les ramener, dit Redfeather. (Il sourit.) Laisse-moi quelques jours ici et je pourrais bien décider de rester moi-même.

Kahn fixa le visage illuminé par les flammes.

– Quoi?... Oui, je vois. Personnellement, je n'ai pas beaucoup de goût pour la vie bucolique...

– Pas la peine. La décision définitivement prise, nous... Ils vont vouloir des mines, des usines, des scieries, tout ce que l'on peut imaginer.

Kahn jeta un coup d'œil à Fortequeue.

– Qu'en dis-tu? demanda-t-il. Désires-tu tout cela?

Le Mithran hocha lentement la tête. Un « oui » mitigé, pensa Kahn; il n'aimait pas cette idée, mais on pourrait attribuer plusieurs territoires aux humains et il resterait encore beaucoup d'espace. Si jamais une solution officielle était envisagée. Thraikill avait dit que les autochtones n'avaient aucun concept de la propriété immobilière ou foncière.

Kahn acheva sa cigarette, écrasa rageusement le mégot sur le sol et se leva.

– Excuse-moi, Fortequeue. Nous avons des affaires privées à traiter. Viens dans le voleteur, Bill.

L'intimité était une autre idée incompréhensible devant laquelle Fortequeue s'inclinait par obligeance. Il s'occupa de la marmite, huma ses odeurs et le parfum vert de la forêt qui s'éveillait, fut brièvement attristé par le trouble qu'il avait senti et tourna vite ses pensées vers des choses plus faciles et plus agréables. A un moment donné il sursauta. La voix furieuse de Kahn filtrait à travers le dôme du voleteur :

– Nom de Dieu, je suis le capitaine et tu obéiras aux ordres!

Il savait que les humains se soumettaient, quoiqu'à contrecœur, à la volonté de quelqu'un d'autre. L'habitude des Mithrans d'abandonner un travail quand il les ennuyait avait occasionné des frictions, dans les premiers temps. Les générations suivantes avaient résolu le problème en employant rarement de la main-d'œuvre indigène.

Enfin, ils compensaient leurs singularités en fabriquant, entre autres, les péniches d'habitation. Ce serait amusant, non, merveilleux, de voir ce qu'ils feraient quand ils se sentiraient vraiment intégrés au pays.

A moins... Non, si l'épisode du tigrôdeur, et certains autres, avaient été malencontreux, les limites n'étaient pas dépassées. Si jamais cela arrivait, Fortequeue serait forcé de tuer. Mais il continuerait d'aimer, comme maintenant.

Le toit de l'appareil glissa et les Terriens revinrent. Kahn avait la mine sévère. Redfeather paraissait contrit et secoué. Son front était couvert de sueur.

– Je suis navré, dit-il au Mithran. Je dois retourner au vaisseau spatial.

La salle de réunion de Treequad était si grande que toute la population humaine pouvait s'y assembler. Montant sur la scène, Kahn contempla les murs couverts de fresques joyeuses, les visages des assistants. Même les barbes grises, pensa-t-il, avaient un air de jeunesse que les Terriens ne connaissaient à aucun âge. Le soleil et le vent les avaient caressés toute leur vie. Ils avaient une planète pour y errer, telle que l'homme n'en avait pas possédée depuis Christophe Colomb.

Il se tourna vers Thraikill qui l'avait accompagné. Normalement, un orateur élu présidait ces séances mais aujourd'hui ils l'écoutaient et naturellement son hôte s'inclinait.

– Tout le monde est là? demanda-t-il.

Le regard de Thraikill fit le tour de la salle. Le soleil entrait par les fenêtres, allumait des reflets d'or rougeoyant dans les cheveux des femmes et les yeux des hommes. Dans le fond, un bébé se mit à pleurer mais fut vite calmé.

– Oui, répondit-il. La dernière expédition est revenue il y a deux heures de chez les Habitants du Glacier. Je ne sais pas pourquoi vous avez réclamé cette assemblée. Notre décision est prise.

L'astronaute consulta sa montre. Il devait gagner un peu de temps. Ses hommes ne descendraient pas de l'orbite avant plusieurs minutes et ensuite ils devraient venir jusque-là à pied.

– Je vous l'ai dit. Je tiens à lancer un dernier appel.

– Nous avons entendu tous vos arguments.

– Pas officiellement.

– Oh bon! très bien.

Thraikill s'approcha du pupitre. Les haut-parleurs, sous les poutres, amplifièrent sa voix.

– La séance est ouverte, annonça-t-il. Comme vous le savez, nous nous réunissons pour ratifier officiellement la décision que nous avons prise. Je pense que le capitaine Kahn a besoin d'un vote dûment enregistré. Auparavant, il voudrait vous dire quelques mots.

Il s'inclina légèrement devant son invité et alla s'asseoir. Léonie était au premier rang, avec Vivian; il leur adressa un clin d'œil. Kahn s'appuya sur le lutrin. Il se sentait lourd et fatigué.

– Mesdames et messieurs, vous avez passé de longues heures, cette nuit, à discuter par petits groupes. Une nuit passionnante, n'est-ce pas? Je vous ai demandé de venir ici, après avoir réfléchi sur votre oreiller, parce que votre choix doit être fait dans le calme, puisqu'il sera irrévocable.

» Presque aucun de vous n'est d'accord pour partir avec nous. Je me demande si la majorité a considéré ce que signifie sa décision. Comme on l'a dit il y a longtemps : « *Il faut vouloir les conséquences de ce que l'on veut.* » (1)

L'incompréhension qu'il lut sur les visages lui montra vraiment à quel point ces colons s'étaient éloignés de la Terre.

– J'entends par là que vous devez souhaiter les résultats de vos actions. Vous êtes trop peu pour

(1) En français dans le texte. (N.d.T.)

maintenir une culture moderne. Il est vrai que vos ancêtres vous ont apporté les moyens d'acquérir un certain bien-être et que vous jouissez d'une somme importante de renseignements enregistrés sur microbandes. Mais vous avez un nombre limité de têtes et une tête ne peut contenir qu'une information limitée. Vous n'allez pas avoir assez d'ingénieurs, de spécialistes médicaux, de psychopédiatres, de généticiens... de tous les spécialistes nécessaires au bon fonctionnement d'une civilisation, et non à celui d'une simple base scientifique. Certains de vos enfants mourront de causes que vous auriez pu prévenir. Ceux qui survivront grandiront dans l'ignorance du grand héritage de la Terre.

» Un phénomène semblable s'est déjà produit, sur la frontière américaine. Mais l'Amérique était près de l'Europe. La nouvelle barbarie n'a duré que quelques générations, le temps de renforcer les contacts. Vous serez seuls, avec une radio pour seul secours, une vie entière s'écoulant entre le message et sa réponse. Voulez-vous revenir au Moyen Age ?

– Nous nous sommes bien débrouillés jusqu'à présent ! cria une voix – et d'autres ajoutèrent des commentaires.

Kahn les laissa discuter; il gagnait ainsi du temps sans puiser dans ses propres ressources. Mais Thraikill les fit taire et déclara :

– Je crois que nous avons conscience de ce problème, capitaine. En fait, nous avons vécu avec cette pensée durant toute l'existence de cette... colonie.

« Voilà, pensa Kahn, le mot est lâché. »

– Nous ne nous en sommes guère souciés. D'après ce que nous entendons dire de la Terre, nous avons davantage gagné que perdu. (Applaudissements.) Et maintenant que vous nous avez fait comprendre que notre foyer est ici, que notre place est ici, eh bien, nous ne resterons pas petits. Pour des raisons purement génétiques, nous devrons accroître notre population le plus vite possible. Ma femme et moi avons toujours voulu une maison pleine d'enfants. Maintenant, nous pourrons les avoir. (Ce fut une ovation et Thraikill perdit sa réserve.) Nous bâtirons notre propre civilisation! Et un jour nous retournerons chez vous, en visiteurs. Vous renoncez aux étoiles. Pas nous!

Tous se levèrent, en l'acclamant à tue-tête.

Kahn laissa le bruit déferler autour de lui, les épaules voûtées. « Bientôt, supplia-t-il, que ce soit bientôt. » Voyant qu'il ne bougeait pas, la foule se calma et se tut. Il attendit que les derniers chuchotements cessent. Le silence fut alors si pesant qu'il put entendre chanter des oiseaux au dehors.

– Très bien, dit-il d'une voix morne. Mais que deviendront les Mithrans?

Thraikill, resté aussi debout, dit rapidement :

– Vous m'avez déjà parlé de cela, capitaine. Je vous ai répondu et je le répète ici : la planète a assez de place pour les deux races. Nous n'allons pas nous retourner contre nos amis.

– Mon équipier Bill Redfeather est un Amérindien, dit Kahn. Beaucoup de ses ancêtres étaient des amis de l'homme blanc. Cela ne les a pas aidés, à long terme. Je suis moi-même juif, si vous savez ce que cela veut dire. Mon peuple a vécu près de deux mille ans en étant étranger partout. Nous n'avons pas oublié. Finalement, quelques-uns ont créé un pays à eux. Les Arabes qui vivaient là s'y sont opposés et ont vécu le reste de leur vie dans des camps de réfugiés. Demandez à Muthasouamy, mon ingénieur-chef, de vous expliquer l'histoire des musulmans et des hindous en Inde. Demandez à mon assistant Ngola de vous raconter ce qui s'est passé quand l'Europe est entrée en Afrique. Et aussi ce qui est arrivé quand elle en est partie. On ne peut pas mêler deux cultures. L'une d'elles dévore l'autre. Et déjà, à cette minute, la vôtre est plus puissante.

Ils marmonnèrent, dans la salle, et le regardèrent sans comprendre. Il aspira de l'air et fit un nouvel effort :

– Oui, vous n'avez pas l'intention de faire de mal aux Mithrans. Jusqu'à présent, il y a eu peu de conflits. Mais quand vous serez plus nombreux, quand vous commencerez à violer le pays pour en tirer toutes les ressources dont a besoin cette civilisation affamée, quand l'exaspération mutuelle aboutira à la bataille... Pouvez-vous parler au nom de vos enfants ? De vos petits-enfants ? Le peuple de Bach et de Goethe a donné naissance à Hitler. Non, vous ne savez pas de quoi je parle, n'est-ce pas ?

» Eh bien, supposons que l'homme sur cette planète inverse toutes les annales et accorde aux indigènes de bonnes réserves et ne les lui reprenne plus. Malgré cela, quel espoir auront-ils de devenir autre chose que des parasites ? Ils ne peuvent pas s'intégrer à votre culture. Les Amérindiens survivants ont pu être assimilés, mais ils étaient humains. Les Mithrans ne le sont pas. Ils ne pensent pas comme des humains et ne le peuvent pas. Mais n'ont-ils pas le droit de vivre dans leur monde comme ils le désirent, d'effectuer leurs propres travaux, de nourrir leurs propres espoirs ?

» Vous dites que cette planète est sous-peuplée. Selon vos normes, c'est exact. Mais pas pour les indigènes. Combien d'individus par hectare croyez-vous qu'une économie comme la leur peut faire vivre ? Supprimez-leur une partie d'un continent et vous assassinez autant d'êtres intelligents à naître. Mais vous ne vous en tiendrez pas là. Vous prendrez toute la planète et vous assassinerez ainsi tout un mode d'existence. Comment savez-vous si ce mode n'est pas meilleur que le nôtre? Vous n'avez certainement pas le droit de refuser à l'univers la chance d'être meilleur.

Ils s'agitèrent bruyamment à ses pieds. Thraikill s'avança, les poings crispés, et demanda d'une voix dure :

– Etes-vous si peu fier d'être un homme?

– Au contraire, répliqua Kahn. J'en suis si fier que je ne veux pas voir ma race se rendre coupable de l'ultime crime. Nous ne ferons payer à personne nos erreurs. Vous allez être rapatriés et on verra si nous ne pouvons pas les corriger nous-mêmes.

– C'est vous qui le dites! cracha Thraikill.

« O Dieu de miséricorde, envoie mes hommes! » Kahn regarda dans les yeux celui avec qui il avait partagé le sel et comprit que Thraikill garderait en lui son image tout le restant de ses jours. Et en arrière-plan scintillerait la Baie du Désir, et la Princesse au Pic sacré dans un ciel sans fumée, et l'océan des Tempêtes attendant les navires faisant voile vers l'ouest.

– Vous serez des héros sur la Terre, dit-il. Et vous aurez au moins des souvenirs. Je...

Dans sa poche, le communicateur bourdonna le signal « Prêt ». Il le claqua une fois : « Allez-y. »

Le tonnerre explosa sur le toit, secoua les murs. Un long sifflement grave suivit. Kahn retomba contre le pupitre. Ce devait être la canonnière, avec des canons et des bombes nucléaires.

La porte s'ouvrit à la volée. Redfeather entra avec une escouade d'hommes armés. Les autres avaient cerné le bâtiment.

Kahn se redressa. Sa voix devint celle d'un étranger, perdue dans les hurlements et les cris :

– Vous êtes toujours les citoyens du Directorat. En tant que maître d'un vaisseau officiel, j'ai les pouvoirs discrétionnaires policiers. Que cela vous plaise ou non, vous allez revenir avec moi.

Il vit Léonie serrer sa petite fille sur son cœur. Il évita le poing de Thraikill, descendit de la scène en chancelant, remonta la travée vers ses hommes. Des mains se tendirent pour le saisir ou le frapper. Redfeather tira une salve de semonce, et ensuite Kahn marcha seul. Il respirait difficilement mais son visage demeurait sans expression. Il ne devait pas pleurer. Pas encore.

L'ENNEMI INCONNU

En hiver, la nuit tombe tôt sur Rotterdam. Mon voleteur garé, je m'approchai du parapet et vis les espaces de la ville illuminés par des bouquets d'étoiles, de nébuleuses, de queues de comètes. Des fenêtres s'éteignaient dans les bureaux, les tours se dressaient en rang sur le front de mer. Mais les véhicules fourmillaient, les enseignes dansaient, les magasins se faisaient aguichants, le réseau lumineux des chaussées – que le chapelet infini de la circulation faisait scintiller – s'étendait à perte de vue vers l'intérieur des terres, et la rade, les canaux tissaient une trame plus diffuse. J'étais trop haut pour distinguer des individus dans toutes ces ombres et ces lueurs. Elles étaient fondues en une simple humanité et leurs voix montaient vers moi comme le bourdonnement lointain de machines.

Là-haut, il y avait moins d'éclairage, rien que quelques tubes le long des sentiers et des passerelles, la porte fluorescente de l'ascenseur et les reflets du phare. Ainsi, malgré le froid humide de l'air, qui me forçait à enfoncer les mains dans les poches de ma tunique, je pouvais voir, au delà de l'étoile électrique qui signalait l'immeuble, quelques-unes des véritables étoiles. Orion était haut dans le ciel et le Grand Chariot se tenait la tête en bas au-dessus du pôle. Je frissonnai et regrettai que le ministère des Affaires extraterrestres n'ait pas choisi un autre emplacement pour son centre, une île plus au sud où les constellations s'épanouissent comme des fleurs dans la nuit.

Mais même le Directorat devait accepter des compromis. Les sites attrayants de la Terre avaient été occupés depuis longtemps, puis les moins recherchés et enfin ceux qui n'intéressaient personne, jusqu'à ce qu'il ne reste plus d'horizons libres sauf au sommet des montagnes, sur les banquises, dans les déserts de cailloux et de sable où il est encore plus pénible de gagner sa vie que dans le fond d'une mégalopole. Les fonctionnaires pour qui je travaillais n'étaient pas trop malchanceux; le complexe des Pays-Bas ne manque pas d'attraits. Il contrôle de grandes richesses et bénéficie donc d'une grande influence.

D'ailleurs, je ne suis pas obligé de vivre à Rotterdam, sauf pendant quelques jours, le temps de faire mon rapport et de recevoir les ordres. A part ça, je passe surtout mes permissions dans quelque station de vacances, aussi chère et exclusive que possible. Ainsi, je n'ai pas besoin d'observer ce que l'homme a infligé à cette planète, sa mère, en mon absence. Le salaire d'un astronaute s'accumule merveilleusement pendant les longues missions qui durent des années ou des décennies d'affilée. Sur Terre, j'ai les moyens de me permettre tout ce que je veux; même de l'air pur, des arbres, un ruisseau pour y boire, un cerf à entrevoir, des nuits sans lumière pour sortir avec une fille et lui montrer les étoiles que j'ai visitées.

Voyons un peu, pensai-je, une fois que j'en aurai fini ici, où devrais-je aller? Jusqu'à présent, j'ai évité les endroits d'où Cumes est visible. Mais pourquoi, au fond? Hum... cataloguée HR 6806, à 33,25 années-lumière, naine K2 de luminosité 0,62 Sol... oui, il me faudrait un petit télescope, ainsi que pas mal de fanfaronnades pour la fille...

Une étoile se détacha et bourdonna vers moi. Surpris, je compris que ce devait être Tom Brenner qui arrivait. Soudain, je n'étais pas plus d'humeur à me vanter de ce que j'avais fait à Cumes qu'à mon premier retour. Je ne voulais pas l'affronter, surtout pas seul. Si je me dépêchais, je pourrais être à l'intérieur avant qu'il ne se pose. Je pourrais l'attendre avec d'Indre, inattaquable dans l'appareil du gouvernement.

Mais non, j'en avais trop vu. Nous en avions trop vu tous les deux, lui et moi (et tous ces hommes, ces femmes et ces enfants au nom de qui nous devions parler ce soir), sur les hautes plaines de sa planète. A nos manières très différentes, nous avions tous deux connu la terreur d'un ennemi étranger. Jamais je ne pourrais être tout à fait un officiel pour lui. Alors je restai près du parapet, pour l'attendre. Mon haleine montait comme de la fumée et le froid s'insinuait en moi.

Sur Sibylle, il faisait toujours chaud. Cumes y rougeoie, plus grand dans le ciel de ce monde que Sol sur la Terre, et déverse près de deux fois plus d'énergie. Ses longueurs d'ondes sont pauvres en ultra-violets mais riches en infra-rouges. La lumière est orangée, pas tout à fait de la couleur d'une fournaise bien qu'on en ait l'impression.

Je demandai à Brenner pourquoi les colons ne s'installaient pas plus haut. Des pics se côtoyaient au-dessus de l'horizon. Leurs neiges étaient doublement étincelantes sur le fond violacé du ciel, doublement belles au-dessus de la brousse gris-vert s'étendant autour de nous, murmurante et résineuse sous le vent sec. Je voyais que la forêt, ou ce qui en tenait lieu, atteignait presque les sommets. Les couleurs sombres, légèrement iridescentes, suggéraient une végétation plus dense. Là-bas, le pays devait être bien irrigué, le sol fertile, et frais, frais.

– Pas assez d'air. Nous sommes aussi haut, sur ce massif, que nous pouvons l'être.

Il parlait anglais, avec un léger accent américain traînant après des générations. C'étaient principalement des Américains qui allaient sur Sibylle.

– Mais... ah oui, dis-je en me souvenant. Le gradient de pression est plus abrupt que sur la Terre. Votre planète a un diamètre supérieur de cinquante pour cent, et un tiers de gravité en plus à la surface.

– Et moins d'air, surtout.

Brenner s'éclaircit la gorge. Je reconnus les préliminaires d'un discours.

– Nous laissons de côté les pays bas parce qu'il y fait trop chaud, pas parce que l'atmosphère est trop dense. N'oubliez pas que ce globe est pauvre en métal, d'une densité assez basse malgré sa masse. La planète n'a donc pas dégagé autant de gaz qu'elle aurait pu, à son origine. De plus, à cause de la rotation lente, elle n'a pour ainsi dire pas de champ magnétique. Cumes n'est peut-être pas l'étoile la plus vivace de l'univers mais elle crache pas mal de protons et de photons, et tout pour raréfier une atmosphère qui n'a pas de champ magnétique pour la protéger. Nous recevons aussi un fond de radiation assez fort, pour la même raison; ça pose des problèmes médicaux et ce serait pire en plus haute altitude. De plus, quand il vous tombe 0,3 G en plus et qu'on a du travail manuel à faire, on a besoin de beaucoup d'oxygène. Alors, en un mot, nous ne pouvons pas coloniser les grandes hauteurs... On ne vous a donc rien expliqué du tout, petit?

Je le regardai fixement, estimant que j'avais droit à plus de respect en qualité de premier officier d'un vaisseau d'exploration. Un large sourire plissa lentement ses traits burinés. Le président de Sibylle n'était pas plus protocolaire que ses dix mille sujets.

Il portait la tenue archaïque habituelle, kilt, blouse, bottes, casque colonial perché de côté sur sa tête grise, machette à la hanche. Mais, dix minutes après avoir laissé la carriole au bord de la route et entamé l'ascension, mon uniforme était moins net que ses vêtements. La gravité ne me gênait pas; nous avons des accélérations plus dures sur un engin comme le *Bering.* J'avais conscience de la pesanteur de ma chair et de mes os qui m'attirait vers le bas, rien de terrible. Mais la chaleur, le vent violent et sifflant, l'air insuffisant que je respirais, la sécheresse enflammée dans le nez et la gorge, les attaques sournoises des branches et les glissades sur un sol sablonneux, l'odeur vaguement enivrante des plantes, tout cela m'affectait. J'étais trempé de sueur, poussiéreux, haletant et tremblant, et plus heureux que j'aurais dû l'être de l'occasion de me reposer.

Je préférai ne pas me draper dans la dignité que je ne possédais pas. D'ailleurs, pensai-je, nous étions des hommes alliés face à ce qui n'était pas humain. Cela avait tué, pouvait tuer encore, frapper la Terre elle-même. Je me sentais plus solitaire dans ce vaste paysage désolé que jamais entre les étoiles.

– Ils nous ont fourni l'information dont ils disposaient, dis-je. Mais c'était à la fois trop pour une seule tête, et trop peu pour tout un monde. Il nous est difficile de deviner ce qui est important et ce qui est fortuit. Et depuis près de deux siècles, seul le contact laser, qui met un tiers de siècle pour franchir la distance qui nous sépare, vous relie à nous. Notre flotte a mis encore plus longtemps, naturellement; les gros vaisseaux ne sont pas faits pour dépasser un G, alors il leur faut un an pour atteindre la vitesse de la lumière et encore un pour décélérer. Le temps à bord, au facteur tau minimum, n'est pas négligeable non plus. Nous avons expérimenté pendant plusieurs mois pour convertir ces parsecs. Et nous nous demandions pendant tout le voyage si nous arriverions pour découvrir que les exohumains étaient revenus, si nous allions trouver vos cadavres et un piège préparé à notre intention. Dans ces conditions, monsieur le président, nous devions fatalement oublier un peu de ce que nous avions appris.

– Oui, bien sûr, je le conçois. Pour en revenir à la raison de notre installation dans cette région des Prés du Diable, je peux vous dire que nous n'avons rien de mieux et que la plupart des autres endroits sont pires. Sibylle n'est pas la Terre et ne le sera jamais.

– Mais vous avez colonisé les régions polaires, n'est-ce pas? La première expédition l'avait suggéré et on m'a expliqué...

– Nous les avons abandonnées il y a pas mal de temps. Elles ont effectivement une pression atmosphérique supérieure et un taux de radiation plus bas, à une température moyenne raisonnable. Mais ce n'est qu'une moyenne. N'oubliez pas que la période de rotation est bloquée à deux tiers de l'année, puisque nous sommes si près du soleil. Soixante-cinq jours terrestres de lumière sont tolérables, encore qu'il fasse trop chaud vers le soir pour travailler. Nous pouvons faire pousser des semences, ou à peu près, avec des lampes pour compenser la nuit de soixante-cinq jours. Mais aux pôles, avec une déclivité axiale de trente-sept degrés, les saisons sont bien trop extrêmes. Avec tout contre elles, nos pauvres petites plantes terrestres mouraient régulièrement. Nous n'avons ni l'industrie ni les moyens de produire une agriculture de serre à l'échelle nécessaire. Alors finalement, nous avons renoncé et tout le monde est revenu vers l'équateur.

Je regardai au bas de la pente du cratère. La route de Jimstown était un chemin de terre, une piste presque invisible, défoncée, envahie par la végétation ici et là, peu utilisée depuis la destruction de New Washington. Mais la circulation n'y avait jamais été dense; les communautés de Sibylle avaient la taille d'un gros village et la plupart étaient encore plus petites. De la hauteur, la carriole de Brenner paraissait minuscule. Le cheval efflanqué reniflait d'un air découragé les broussailles qu'il ne pouvait manger.

Nous aurions pu prendre un voleteur sur un des vaisseaux de secours. Mais pour cela il aurait fallu attendre qu'il puisse être déchargé et quitter notre orbite. D'ailleurs, j'avais voulu me faire une idée de ce qu'étaient Sibylle et ses habitants.

Je le voyais.

De grands espoirs, il y avait deux cents ans. Des gens partaient vers un monde vierge, inexploité, dépeuplé, un monde tout nouveau; et celui-là, ils le bâtiraient, il le fallait. Ils comprenaient que la vie serait dure, dangereuse, pleine de singularités, qu'ils n'étaient pas réellement conditionnés pour vivre sur cette planète. Mais il n'y aurait rien que l'homme n'eût déjà affronté et surmonté ailleurs. Les explorateurs s'en étaient assurés à l'avance.

L'économie, plus que l'honnêteté, commandait cette assurance. Le Directorat se soulage d'un peu de pression politique à chaque colonie qu'il fonde, mais ne résout pas vraiment les problèmes matériels qui se posent sur Terre; et l'envoi de gros vaisseaux revient à un prix fantastique. Le but est de forcer les gens à lever les yeux et à se dire : « Ma foi, il y en a au moins qui se débrouillent bien là-bas, et nous serons peut-être de la prochaine émigration, si nous restons jusque-là dans les bonnes grâces des autorités. » Des échecs causeraient énormément de troubles. Seule la nouvelle d'une attaque ouverte avait justifié l'organisation de la Flotte coloniale pour évacuer les Sibylliens.

Ils représentaient un investissement énorme. Leurs ancêtres étaient venus avec des outils, des machines, des produits chimiques, des semences, des embryons d'animaux en suspension d'animation et congelés, du matériel scientifique, l'équipement de base. Naturellement, ils apportaient aussi tout un stock de références techniques. A mesure que la population se multiplierait, ils remplaceraient par des espèces terriennes les formes de vie indigènes dans des secteurs de plus en plus étendus, ils créeraient enfin le Paradis. A en juger par leurs rapports laser, ils avaient suivi le plan. Cela progressait lentement, parce que Sibylle était anormalement hostile, mais enfin on progressait.

Maintenant... les raisons pour lesquelles ils n'avaient pas reconstruit étaient évidentes. Les sveltes vaisseaux qui avaient surgi du ciel, soixante-huit ans auparavant, avaient détruit à coups de bombes et de lance-flammes les fondations de la colonie. Trop de matériel avait été anéanti, trop de vies perdues, les moyens manquaient. Pendant toute une vie, la population ne put que se cramponner, maintenir son économie chancelante au niveau du XVIIe ou du XVIIIe siècle, s'agripper à l'espoir que nous répondrions à son appel. Et, constamment, elle connaissait la peur.

Je regardai de nouveau Tom Brenner. Avant sa

naissance, les exohumains ennemis avaient tout ravagé d'un pôle à l'autre. En quelques jours terrestres, leur flotte était repartie dans l'inconnu. A tout instant, ils pouvaient revenir et ne pas se contenter de rayer de la carte ces petites villes-jouets. Je m'interrogeai sur l'intensité de la lassitude que je lui voyais. Pourtant, il se tenait droit, il avait autour des yeux des rides de sourire, deux de ses enfants avaient survécu jusqu'à l'âge adulte et il avait un petit-enfant vivant et en bonne santé.

– Venez, dis-je d'une voix durcie. Finissons-en.

Nous ne nous arrêtâmes plus avant d'avoir atteint le sommet et plongé le regard dans la cuvette calcinée où New Washington avait été située. Quelques squelettes d'immeubles aux charpentes grotesquement tordues se dressaient sur le pourtour mais ils étaient rares. J'estimai que l'explosion avait dû dégager cinquante mégatonnes.

L'étoile devint un taxi. Il s'immobilisa de l'autre côté du toit et plana pendant que la silhouette trapue en descendait. Je me demandai comment il le payait. On m'avait dit que les Sibylliens étaient internés dans une réserve militaire, en attendant que le Directeur et son cabinet décident de leur sort. Mais puisque d'Indre exigeait une entrevue en personne avec le vieux monsieur, peut-être le colonel avait-il eu pitié et lui avait-il glissé quelques munités, pour qu'il puisse arriver comme un citoyen et non comme une marchandise.

Le taxi repartit. Brenner s'avança vers la porte. Chez lui, il avait marché lourdement, d'une démarche chaloupée d'ours. Ici, il bondissait presque, léger, à l'aise comme un Terrien sur Mars. Son manteau était déboutonné, son gilet ouvert sur un large torse velu. Le froid inaccoutumé ne semblait pas le gêner, il le savourait plutôt.

Je m'approchai pour l'intercepter.

– Bonsoir, dis-je.

Des ombres cachaient nos visages. Il se pencha pour me voir, en clignant des yeux. Le cigare tomba de ses lèvres.

– Sacré bon sang de Judas! Nick Simic! s'écria-t-il en secouant la tête avec stupéfaction. Mais vous, votre vaisseau, vous étiez restés après notre départ!

– Votre colonie avait perdu le contact avec l'astronautique, répondis-je sur un ton plus dur que je ne le voulais car mon intention était de lui amortir le choc. La Flotte coloniale accélère à un G. Mais dans un vaisseau d'exploration comme le *Bering,* l'équipage est sélectionné. Et les moteurs ont beaucoup moins de masse à déplacer. Nous faisons le plein au gravanol et nous montons jusqu'à dix G. En cinq à six semaines, nous sommes proches de la vitesse de la lumière et pouvons planer. Il y a un an que je suis rentré.

– Vous... euh... Vous n'êtes pas resté longtemps sur Sibylle, alors?

– Assez.

Il se redressa et je retrouvai son petit rire.

– Ma foi. C'est une sacrée surprise, petit, une sacrée surprise. Mais agréable.

Il me tendit la main. Je la pris. Sa poigne était ferme.

– Et comment vont vos compagnons d'équipage?

– Fort bien, merci, la dernière fois que je les ai vus. Le *Bering* est reparti. Pour une nouvelle étude du Système Delta Eridani. La troisième planète a l'air prometteuse mais son écologie est singulière et...

Je m'aperçus que je bavardais pour éviter de dire la vérité et je me repris :

– Je suis resté parce que j'étais chargé de notre enquête au sol et de la rédaction de notre rapport.

Le citoyen d'Indre a voulu que je sois là comme conseiller quand vous arriveriez.

– Je regrette que vous ayez manqué le départ à cause de nous.

– Aucune importance. Je suis sur les rangs pour obtenir un commandement. (C'était vrai mais je le disais surtout pour le réconforter un peu.) Comment vont vos gens?

– Bien, jusqu'à présent.

Brenner ne semblait pas avoir grand besoin de consolation, maintenant qu'il était revenu de sa surprise. Je me dis que ceux qui vieillissaient sur Sibylle devaient être capables de retomber sur leurs pieds quand le plancher s'effondrait. Il respira profondément et me regarda droit dans les yeux, un regard qu'il avait appelé une fois « l'Expression Honnête Numéro Trois du Maquignon ».

– Bien sûr, dit-il, nous nous demandons un peu pourquoi nous sommes gardés au secret et jusqu'à quand.

– Cela doit être décidé. Ce qui va se passer ce soir pourrait être essentiel.

– Les proles ne savent donc pas que nous sommes là?

– Il n'y a que des rumeurs. Votre histoire doit être maniée comme du fulminate. Vous n'imaginez pas l'agitation de ces milliards d'individus, dis-je en embrassant d'un geste large la ville grondante et bourdonnante. La nouvelle originale, l'attaque de Sibylle par des vaisseaux non-humains, a été diffusée avec des précautions infinies, et uniquement parce qu'on ne pouvait pas l'étouffer. Si l'on considère qu'ils semblent voyager plus vite que la lumière, qu'ils ont quelque chose comme le contrôle gravitationnel, d'après vos récits et les photographies que vous avez transmises... la panique peut provoquer des émeutes, une insurrection... La rage aussi.

– Hum. Oui. (Les rides se creusèrent autour de la bouche de Brenner mais il parvint à garder une voix calme.) Eh bien, si nous y allions?... Ah, j'allais oublier. (Il se baissa pour ramasser le cigare et expliqua :) Un soldat m'en a donné quelques-uns. Un goût sympathique. Pas de tabac sur notre planète, vous vous souvenez? Nous avions déjà bien du mal à faire pousser de quoi ne pas mourir de faim.

Mon estomac se crispa et je m'exclamai :

– Rangez-moi ça! Jetez-le! Vous ne comprenez donc pas qui vous allez voir? Jules d'Indre, ministre des Affaires extraterrestres. Ce qu'il recommandera à votre sujet, le Directeur le décrétera à coup sûr. Je vous avertis, Brenner, soyez prudent!

Il me considéra un moment avant d'obéir. Ses paroles suivantes me stupéfièrent.

– Cette fille qui était avec vous, Laurie MacIver, est-ce qu'elle est repartie sur le *Bering*?

– Oui, bien sûr.

– Dommage, murmura-t-il. (Il posa un instant sa main sur mon épaule.) Je crois que vous voulez nous aider, petit, selon vos lumières. Mais elle a quelque chose en plus. Connaissez-vous le mot *simpático*?

Je hochai la tête.

– Oui, elle l'est bien.

Nous parcourûmes le pays, elle et moi, une fois qu'un véhicule de sol eut été apporté et monté. Mon idée était d'interroger le plus de Sibylliens possible avant leur départ. Il ne restait aucun témoin de l'attaque mais les plus vieux se souvenaient sans doute des récits de la génération précédente et avaient peut-être fait des découvertes importantes dans les villes bombardées avant que la récupération et l'érosion n'aient effacé tous les indices. Laurie m'accompagnait pour plusieurs raisons.

D'une part, nous n'avions pas besoin d'un officier d'ordinateur à ce moment-là, d'autre part on ne voyage pas seul sur une planète étrangère. Enfin et surtout, elle comprenait les gens, elle écoutait, ils parlaient librement parce qu'ils la sentaient sincèrement intéressée.

Ce que ricanent les habitants des ruelles est faux, les femmes astronautes ne sont pas là pour le repos du guerrier. Elles occupent des postes de responsabilité. Et dans le noir océan entre les étoiles, parmi les morts qui rôdent sur chaque nouveau monde, au retour sur une Terre devenue étrangère, on a besoin de quelqu'un de très spécial.

Malgré tout, nous n'eûmes guère de chance. Le couchant nous gênait. Cumes était bas et descendait encore, projetant sur les plateaux une lumière enflammée qui n'améliorait pas la visibilité. Mais l'air s'était suffisamment rafraîchi pour travailler à l'extérieur et tout le monde, dans ces fermes pitoyables, s'échinait jusqu'à tomber d'épuisement. Ils devaient achever leurs tâches – en cette saison, labourer et semer, couper et rentrer les foins, rassembler le bétail et je ne sais quoi encore – à la seule force de leurs bras. Ils ne pouvaient éclairer qu'une petite partie de leurs terres : les potagers et les cultures qui mourraient autrement, une fois que tombait la nuit sans lune. Le métal et la main-d'œuvre étaient trop rares pour construire les usines qui auraient produit des machines, et ils n'avaient pas de sources d'énergie.

Bien sûr, c'était pour eux le dernier round. Ils retournaient sur la Terre. Mais dans l'espace on ne rapatrie pas dix mille êtres humains du jour au lendemain. La Flotte était tout juste capable de transporter les rations dont ils auraient besoin pendant leur voyage. En attendant, ils devaient se nourrir et ils n'avaient pas de réserves. J'étais atterré en voyant leurs maigres récoltes, les animaux efflanqués, les arbres rabougris. Et si la plupart des gens étaient solides et résistants, ils étaient petits, ils avaient peu d'enfants, les cimetières étaient vastes et pleins.

– La vie terrienne est si différente de celle-ci, murmura Laurie avec compassion.

Nous n'avions logiquement aucun besoin d'un exposé des faits. Nous les connaissions depuis que nous avions quitté la Terre, nous avions étudié avant le départ les rapports des communications de Sibylle. Mais ce n'était que des mots. Ici, elle voyait la réalité. Il lui fallait la retransposer dans son propre langage, avant de pouvoir dépasser l'angoisse et trouver des moyens pratiques pour apporter de l'aide.

– Non seulement les espèces indigènes nous empoisonnent, dit-elle, mais elles empoisonnent aussi le sol que nous cultivons. On doit nettoyer un champ des mauvaises herbes, des bactéries, de tout, pendant des années, avant que la pluie l'ait suffisamment assaini pour permettre de créer une écologie utile. Et ensuite, elle risque d'être attaquée par autre chose, de nouveaux poisons qui s'infiltrent, des maladies, des tempêtes, et même quand tout va pour le mieux, la victoire n'est jamais définitivement acquise.

Je hochai la tête et énumérai les causes, pour chasser l'idée d'un cosmos personnellement maléfique.

– Les longues nuits, les saisons bizarres, le manque de plusieurs oligo-éléments, la pauvreté en ultra-violets s'ajoutant aux irradiations de rayons-X et de particules, la gravité qui tend à déséquilibrer complètement les liquides terriens, et même l'instabilité géologique. Certaines de leurs meilleures mines se sont écroulées dans des tremblements de terre, les premiers temps, tu sais, et n'ont jamais été rouvertes. Ah oui! ce monde est dur pour les humains!

J'abattis mon poing sur le tableau de bord et grondai avec une rage stérile :

– Mais d'autres le sont aussi. Il n'y a aucune difficulté ici que les hommes n'aient déjà rencontrée et surmontée. La vie sauvage est pire sur Sion, la pesanteur est plus importante sur Atlas, une période glaciaire se développe sur Asgard, Lucifer est plus chaud et a un taux de particules supérieur...

Elle se tourna sur son siège pour me faire face. La lumière du couchant, filtrant dans la tourelle, transformait ses cheveux d'or en cuivre rouge dans les ombres violettes.

– Mais aucune de ces planètes n'a été attaquée.

– Pas encore. Du moins, à notre connaissance.

Nous n'aurions pas dû en parler. L'idée nous hantait depuis que nous étions revenus de notre dernier voyage et avions appris la nouvelle. Elle restait présente à l'esprit de tous les Terriens. Peut-être était-elle là depuis que l'homme s'était aventuré pour la première fois hors du système solaire. Nos quelques vingtaines de parsecs d'exploration ne sont absolument pas une piste, dans ce désert immense qu'est la galaxie. Qui pourrait douter que d'autres y rôdent, avec de plus longues jambes et des crocs plus acérés?

Pourquoi avaient-ils attaqué? Comment? Où frapperaient-ils encore? *A qui le tour?*

Les Sibylliens faisaient de leur mieux pour répondre aux questions de Laurie et aux miennes. Non seulement ils étaient pressés par le temps et abrutis par la fatigue, mais leurs renseignements étaient maigres. J'avais déjà inspecté les ruines, examiné des photos de vaisseaux en vol, lu des récits de témoins, des compilations historiques. Je connaissais par cœur la chronique de base.

Les assaillants ne pouvaient pas frapper partout à la fois. Josiah Brenner, le père de Tom et président à l'époque, avait fait évacuer la plupart des centres de population avant qu'ils disparaissent en boules de feu. La majorité des colons vivait déjà dans des fermes isolées, il fallait tant d'hectares pour nourrir une personne! Pour la même raison, les anciens citadins se dispersèrent par la suite sur toute l'étendue habitable de la planète.

Le résultat, ce fut que personne, ou presque, ne m'apprit quelque chose que je ne savais déjà. En fait, mon tableau de la catastrophe était plus net que le leur. Le Sibyllien moyen n'avait ni le temps ni l'énergie d'étudier le passé. Le niveau culturel était tombé en flèche; les enfants quittaient généralement l'école pour travailler avant d'avoir douze ans, douze années terrestres. Le folklore remplaçait les livres.

Les livres eux-mêmes étaient vagues. Aucun recensement réel, aucune scolarité n'étaient possibles. « Les pertes furent énormes », disaient les chroniqueurs, et ils racontaient beaucoup d'histoires de souffrance et d'héroïsme. Mais les chiffres qu'ils donnaient étaient manifestement hypothétiques, souvent en contradiction d'un historien à l'autre. Je pensais que je pourrais faire une meilleure estimation moi-même en me fondant sur un seul fait. La population sibyllienne que le plan de colonisation initial avait prévue pour cette décennie était de quelque 200000 personnes. La population actuelle n'en représentait que le vingtième.

Nous finîmes par abandonner, Laurie et moi. Nous serions plus utiles à Jimstown, en aidant à préparer l'exode. Avec les équipements rudimentaires dont on disposait sur cette planète, ce serait un travail harassant. Notre équipage resterait après le départ de la Flotte, pour chercher de nouveaux indices. D'ailleurs, je n'aimais pas voyager la nuit.

Nous y fûmes quand même obligés. Comme nous passions au pied d'une paroi rocheuse, notre véhicule fut frappé par un rocher éboulé. Il nous fallut des heures pour réparer les dégâts, dans cette lumière incandescente et ce vent abominable. Nous aurions pu faire venir un voleteur mais nous aurions dû alors laisser la voiture jusqu'au jour. Elle risquait d'être totalement écrasée et on ne pouvait guère s'en passer. Nous repartîmes.

Cumes disparut derrière les montagnes. La nuit s'épaissit à mesure que les nuages se dissipaient. Bientôt elle fut absolue; seuls nos phares la trouaient, révélant de petits buissons secoués par le vent où se tapissaient de rares animaux à trois yeux. Les rafales devinrent plus bruyantes, plus violentes contre les flancs du véhicule; elles faisaient frémir et claquer la carrosserie et nous assourdissaient. Ensuite, ce fut la pluie, un déluge comme la Terre n'en verrait jamais, mêlée de grêlons gros comme des osselets.

– Nous ferions mieux de nous mettre à l'abri! hurlai-je, et Laurie put à peine m'entendre dans ce vacarme. Il faut monter plus haut... le risque de crues rapides...

Un éclair m'éblouit, qui embrasa le ciel entier, et fut suivi d'un autre, puis d'autres encore; la foudre tombait et ébranlait le sol. Je me penchai sur les cartes, navigateur inerte – oui, par là, une ferme...

Nous n'aurions pu y arriver dans un véhicule à roues. L'effet de Sol nous maintenait au-dessus des glissements de boue, des cataractes, des récoltes écrasées et des vergers déracinés. Il nous maintenait, tout juste, dans cet ouragan qui cherchait à nous rejeter dans la rivière en crue qui avait été une simple vallée. Je ne sais pas combien de temps nous mîmes à trouver le cottage, sinon qu'il fut très long.

La maison tenait bon. Comme la plupart des habitations de Sibylle, c'était une forteresse, des murs de pierre, d'étroites fenêtres à volets fermés, de lourdes portes, un toit maintenu par des câbles. Dans l'air raréfié par de hautes différences de température et des irradiations solaires, on pouvait s'attendre parfois à un temps meurtrier. Les granges étaient détruites, il ne devait pas y avoir eu suffisamment de main-d'œuvre et de matériaux pour les construire plus solidement, et sans aucun doute le bétail et les récoltes étaient perdus. Mais la maison tenait bon.

J'atteignis le côté sous le vent, jetai quelques ancres au sol, réglai l'autopilote sur attente et ouvris la trappe de secours. Laurie glissa, le vent s'empara d'elle, elle faillit dévaler la colline et se tuer. Je la saisis, cependant, fus traîné dans la boue mais je résistai sans trop savoir comment. Cramponnés l'un à l'autre, nous luttâmes dans la tourmente jusqu'à la maison. La porte était barrée de l'intérieur. Nos coups de poing se perdirent dans la tempête. Je me rappelai l'existence des portes de cyclone, avant que la grêle ne nous assomme. Nous en trouvâmes une sur le côté sud, une sorte de sas permettant l'entrée de réfugiés. Malgré tout, j'eus un mal fou pour refermer et verrouiller la porte extérieure avant d'ouvrir l'autre.

Nous entrâmes en chancelant dans un foyer sibyllien typique. Une pièce servait à tout : cuisine, salle à manger, chambre à coucher, atelier... Des paravents permettaient un semblant d'intimité mais ils étaient repliés contre les murs nus couverts de suie. Un four de brique offrait une chaleur relative, mais l'unique lanterne crachotait, vacillait et des ombres aux formes démoniaques ondulaient dans tous les coins.

Un homme et sa femme étaient assis sur un banc près d'un berceau qu'il avait dû faire lui-même. Elle avait la tête contre la poitrine de son mari, les bras autour de son cou et elle sanglotait, sans trop de bruit mais avec un tel désespoir qu'elle n'avait même plus la force de maudire Dieu. Il la berçait en murmurant, parfois il caressait ses cheveux ternes. D'un pied, il balançait le berceau.

Ils ne nous remarquèrent pas tout de suite. Enfin il lâcha sa femme et se leva, grand, solide, la barbe striée de gris, les vêtements propres mais rapiécés. Elle resta assise et nous regarda fixement, essayant de ravaler ses larmes et de comprendre qui nous étions.

Le vent, la pluie, le tonnerre assaillaient les murs. J'entendis l'homme dire très lentement :

– Vous êtes de la Terre?

– Oui.

Je nous présentai. Il nous serra la main distraitement en marmonnant son nom si bas que je ne pus le saisir.

– Vous pouvez rester ici, bien sûr, ajouta-t-il. Nous avons suffisamment de vivres dans le placard pour tenir jusqu'à la fin de l'orage. Ensuite, Jimstown n'est pas loin, vous pourrez y aller à pied.

– Nous pouvons faire mieux que ça, dis-je en me forçant à sourire. (J'essayais d'oublier notre allure de rats noyés car ils avaient besoin de tout le réconfort possible.) Nous avons une voiture.

Laurie s'approcha de la femme.

– Ne pleurez pas, je vous en prie, murmura-t-elle.

Je ne sais comment je l'entendis dans le vacarme; sa tête semblait briller dans la pénombre.

– Je sais que votre ferme est ravagée. Mais vous allez partir bientôt, de toute façon, et nous prendrons soin de vous et de toute votre fam... Ah!

Elle s'interrompit. Ses dents scintillèrent, mordant sa lèvre.

La femme n'était pas enceinte. Mais, en allongeant le cou, je vis moi aussi que le berceau était vide.

– Je l'ai enterrée au coucher du soleil, dit l'homme en regardant dans le vague. (Sa voix était morne, son visage impassible mais il tordait ses mains inquiètes.) Une petite fille. Elle a vécu plusieurs semaines. Nous espérions... Et maintenant la pluie a dû l'emporter. Je pensais que Sibylle la laisserait dormir. Nous l'avions chaudement enveloppée, nous lui avions donné une poupée que je lui avais faite, pour qu'elle ne soit pas trop seule après notre départ. Mais tout doit être dispersé, maintenant.

– Je suis navré, bredouillai-je. Peut-être... plus tard... (Juste à temps, je vis Laurie secouer vivement la tête.) C'est terrible...

Laurie s'assit à côté de la femme et lui parla à mi-voix.

Pendant le voyage de retour, elle me dit ce qui lui avait été confié ce soir-là, dans l'espoir que cela influencerait mon rapport. C'était leur unique enfant, après cinq fausses couches. L'accouchement avait été difficile et le médecin ne pensait pas qu'ils pourraient avoir d'autres enfants.

Je lui dis que cela ne m'étonnait pas. Debout près de ce berceau, je m'étais souvenu du peu d'enfants, des trop nombreuses tombes. Et tout à coup, comme un coup de poing dans l'estomac, jurant et souhaitant me tromper, je vis la figure de l'ennemi inconnu.

Jules d'Indre était assis derrière son bureau; c'était un petit homme parcheminé, à la mise recherchée, qu'il convenait de respecter. Il hocha brièvement sa tête chauve quand j'entrai avec Brenner.

– Asseyez-vous, citoyens.

Ce n'était pas une invitation mais un ordre.

Je trouvai le bord d'une chaise. Mon cœur battait et j'avais les mains moites. Brenner s'adossa, soutenant ce regard, un sourire vague sur les lèvres.

– Comment allez-vous, monsieur le ministre? demanda-t-il de sa voix traînante.

– Ne perdons pas de temps en palabres, répliqua d'Indre. Peut-être ignorez-vous combien une confrontation physique est inhabituelle dans les affaires, sur la Terre. En temps normal, j'aurais eu recours à un triplex au visiphone, et pendant les heures de bureau. Devinez-vous pourquoi je m'y prends autrement?

– Entrevue confidentielle, dit Brenner. Pas de minutes, pas d'enregistrement, pas d'engagements. Ça me convient. Nous vivions d'une façon désuète sur Sibylle. Pas par goût, comprenez-moi. (Son sourire s'effaça, sa voix se durcit. J'eus l'impression que des étincelles volaient.) Cela nous a donné des idées vieux jeu, sur les droits de l'homme, par exemple.

L'accent doctoral de d'Indre ne varia pas.

– Les droits sont forfaits quand on perpètre un crime.

– Qui a fait quoi, avec quoi, à qui?

– La Flotte coloniale a été retenue par une mission inutile pendant près de soixante-dix ans. Des milliards de munités ont été dépensées... (D'Indre se pencha en avant. Il tapota le bord du bureau, *tic-tic* dans le lourd silence.) La première chose que je veux savoir, Brenner, c'est combien de personnes ont eu connaissance du complot.

La figure tannée et burinée se tourna vers moi.

– Qu'est-ce qui vous a fait rapporter que l'attaque

était fausse? demanda Brenner calmement, presque aimablement.

– Je ne voulais pas! J'ai tout essayé... mon équipe aussi. Nous ne pouvions courir le risque que la Terre ne soit pas préparée, même s'il n'y avait qu'une seule chance que la flotte ennemie existe. Et... (malgré moi, mes mains se tendirent vers lui) nous ne voulions pas vous faire de mal!

– Je sais, dit-il gravement. (Il reprit un ton plus léger.) Mais je suis curieux. Le trucage a été exécuté par des hommes extrêmement intelligents. Le temps a dû effacer les preuves. Qu'est-ce qui vous a mis la puce à l'oreille?

– Oh... bien des choses, me forçai-je à répondre. L'examen attentif de certaines photos y a révélé des perspectives insolites. L'analyse des matériaux du cratère a donné des résultats concordant avec l'explosion d'usines stationnaires, pas de têtes nucléaires. Toutes les ogives nucléaires que nous connaissons ont besoin d'un déclencheur de fission, sinon elles seraient trop volumineuses. En analysant les ossements des victimes supposées du missile, nous avons obtenu la preuve qu'elles étaient mortes des années auparavant. Certains journaux intimes et des correspondances, remontant en principe à la période suivant immédiatement l'attaque, se contredisent plus qu'il n'est logique, si l'on applique la logique symbolique. Je pourrais continuer mais tout est dans le rapport. Aucun détail n'est concluant à lui seul mais le doute n'est plus permis quand toutes les pièces du puzzle sont assemblées. (Je m'humectai les lèvres et m'adressai à d'Indre :) Monsieur le ministre, notre équipe a envisagé la suppression des preuves. Nous avons décidé que nous ne pouvions faire cela à la Terre. Mais vous devez savoir que nous y avons pensé sérieusement, tellement nous avions pitié de ce peuple.

Tic-tic.

– Vous n'avez pas répondu à ma question, Brenner.

Le Sibyllien toussota.

– Hein? Combien d'hommes participaient au complot? Une poignée. Des hommes-clefs que mon père avait recrutés. Il y en a encore moins aujourd'hui. Juste le nombre strictement nécessaire pour brouiller les pistes afin que personne d'autre ne puisse rien soupçonner.

– C'est sûrement vrai, monsieur le ministre, m'écriai-je. Dix mille simples mortels ne peuvent garder un secret ni jouer un rôle.

– C'est évident. (*Tic-tic.*) Comment avez-vous évité, ou plutôt vos prédécesseurs, de massacrer toute la population?

– Eh bien, tout le monde remerciait la providence de ne pas s'être trouvé sur un objectif ou d'avoir été évacué à temps, répondit Brenner. Les gens entendaient parler de lourdes pertes mais ça s'était toujours passé ailleurs, dans des régions où ils ne connaissaient personne. Ils ne pouvaient vérifier, à supposer qu'ils en aient l'idée. Sibylle n'a jamais eu de communications électroniques planétaires ni de moyens de transport rapides, à part quelques voleteurs officiels. Le peu de moyens de communication qui existaient – un ou deux journaux, ou trois – ont été perdus quand les villes ont sauté. Il a même fallu très longtemps pour rétablir un service postal. En attendant, tout était en plein chaos, les réfugiés étaient relogés chez des inconnus et... Le truc n'a pas été facile, m'a dit mon père. Mais il a réussi. Plus tard, on a écrit des chroniques, des livres d'histoire, et ainsi de suite; et qui avait des raisons d'en douter? Tout le monde savait que notre nombre était bien au-dessous des prévisions initiales et allait en diminuant. Mais les chiffres exacts d'avant le désastre n'étaient connus que par certains, et ceux-là se taisaient. Et personne n'avait le temps de réfléchir. Alors on a cru tout naturellement que les pertes étaient dues surtout, sinon totalement, à l'attaque et à ses suites. Je puis vous assurer, monsieur le ministre, que, chez nous, pratiquement tout le monde croit sincèrement à l'ennemi exohumain. (Son regard lança un défi à d'Indre.) Faites ce que vous voulez de moi et de mes associés, ajouta-t-il. Nous nous y sommes préparés, au cas où la vérité se ferait jour. Mais vous ne pouvez punir dix mille personnes qui ont été dupées!

– Il est probable que le Directorat ne le souhaitera pas, répondit d'Indre comme s'il exposait un théorème. Néanmoins, le problème de leur assimilation, de manière à ce qu'ils puissent tous gagner leur vie dans ce monde surpeuplé, risque fort de se révéler insoluble. Et ils auront tendance à être en butte à la violence populaire. Enfin, il est politiquement impossible de les envoyer sur une autre planète, alors qu'il y en a tellement d'autres qui le souhaitent ardemment. Les conspirateurs ont-ils prévu cela?

– Oui, dit Brenner en se redressant, ses gros poings crispés sur ses genoux. Mais nous n'avions pas le choix. Nous devions quitter Sibylle. Nous – le groupe de mon père – ne pensions pas que la Terre viendrait nous chercher simplement parce que nous mourions lentement. Nous avions déjà essuyé trop de refus à nos appels pressants, alors que nous ne demandions qu'un peu de secours. « Trop cher, nous disait-on. Ils ont les mêmes problèmes ailleurs. Ils les surmontent. Pourquoi ne pouvez-vous en faire autant? » Fin de citation. Trop cher!

Les deux derniers mots s'arrachèrent de sa gorge, en même temps qu'un juron explosif. Je sursautai.

D'Indre ne changea pas d'expression mais il cessa de tapoter avec son crayon. Brenner serra les dents, respira profondément et reprit avec obstination :

– Pour être tout à fait franc, monsieur le ministre, en me fondant sur ce que je sais, je crois certains hauts fonctionnaires très capables de fabriquer les messages d'une colonie qui a cessé d'émettre!

Pour la première fois, je vis d'Indre pâlir. Le crayon se cassa entre ses doigts. Brenner dut le remarquer aussi car il laissa s'écouler plusieurs secondes de silence avant de conclure :

– Nécessité n'a point de loi. Mon père et ses amis ont créé un faux ennemi afin que leurs petits-enfants puissent être préservés du vrai.

– Le vrai? souffla d'Indre.

– Sibylle, bien sûr. Le monde où tout allait mal, où tout était contre nous, où le jour était inadapté à l'œil humain, comme une femme qui n'aurait pas fait *autant* de fausses couches que la gravité élevée l'aurait laissé prévoir – sans parler du manque d'ultra-violets ou d'oxygène – mais qui aurait souffert de l'excès de rayons X, de la sous-alimentation, du surmenage... Un monde entier, luttant contre nous sur une centaine de fronts, inlassablement. C'était ça, l'ennemi inconnu. Nous n'aurions pas résisté un siècle de plus.

Dans le silence qui suivit, je murmurai :

– La Terre a connu des analogies. Les Vikings, par exemple, vers l'an mil. Ils ont régné sur l'Angleterre, l'Irlande, la Normandie, la Russie. Ils ont conquis la moitié de l'Europe. Ils ont colonisé l'Islande, ils ont découvert l'Amérique. Mais ils n'ont jamais pu tenir le Groenland. Ils y avaient une colonie, ils se sont accrochés pendant près de quatre cents ans, toujours plus isolés, plus pauvres, plus petits, plus affamés, plus faibles. A la fin, ils ont péri. Quand les archéologues ont déterré les squelettes des derniers survivants, ils les ont tous trouvés difformes et nanifiés. Le Groenland les avait battus.

– J'ai lu cette histoire, dit Brenner. Les hommes ont fini par gagner. Les Esquimaux, qui avaient la bonne technologie pour ce pays. Plus tard, les Européens, avec la puissance de leurs machines. Nous, notre race, nous battrons Sibylle, un jour ou l'autre. Mais nous avons perdu la première bataille. Dans ces cas-là, le bon général se replie.

D'Indre s'était ressaisi.

– Moi aussi, je connais l'histoire, dit-il. Le rapport du capitaine Simic était exhaustif. Je désirais cependant ajouter une rencontre personnelle à ma documentation avant de décider ce que je préconiserais pour régler cette affaire.

Brenner croisa les bras et attendit.

– D'ailleurs, poursuivit d'Indre, le capitaine Simic a déjà proposé une solution qui me semble viable. Certaines parties de la Terre restent désertes, parce que le développement s'est révélé économiquement impossible. Les déserts tropicaux, par exemple, le Sahara et le Rub'al-Khali. Du sable, des cailloux, de la sécheresse, peu ou pas de nappes d'eau, une chaleur et une lumière terribles, pour ainsi dire pas de minerais. Il faudrait trop de capitaux et de main-d'œuvre qualifiée dont on a grand besoin ailleurs, pour les convertir utilement. Théoriquement, le travail pourrait être accompli par un minimum de robots et un maximum de travail humain. Mais qui, parmi les proles, possède à la fois l'endurance et la disposition d'esprit nécessaires? Il sera intéressant de voir ce que les Sibylliens peuvent faire. (Brièvement, il retrouva un peu d'humanité :) Je le regrette, surtout pour les enfants. Mais dans les circonstances présentes, c'est ce qu'on peut vous offrir de mieux.

Brenner ne se troubla pas.

– Je m'y attendais un peu, dit-il. Le capitaine me l'avait laissé entendre, en venant ici. Mais nous, les, euh... conspirateurs?

D'Indre écarta les mains.

– Votre colonie aura besoin de chefs. Je pense que le Directorat décrétera que cette mission de commandement sera une expiation suffisante.

Le poing droit de Brenner s'abattit sur le bureau et il éclata de rire.

– Par exemple! s'écria-t-il. Après ce que nous avons eu à affronter, croyez-vous qu'un gentil petit désert terrien puisse nous poser des problèmes?

La discussion dura longtemps et je n'y participai guère. Mes pensées vagabondaient, je m'interrogeais. Je ne disais rien, de crainte de compromettre la solution à laquelle on parvenait difficilement. Mais prenons ces gens, pensai-je... Pendant des générations, un monde les a attaqués. Ce que les survivants d'aujourd'hui ont connu n'est rien à côté de ce que leurs gènes ont subi. Avec une telle sélection naturelle dans leur passé, que peuvent-ils faire de leur avenir?

Dix mille d'entre eux parmi des milliards d'individus, cantonnés dans les plus effroyables régions de la Terre, pourraient changer quelque chose? Ridicule!

Je chassai cette espérance. Je pris le commandement de mon vaisseau et partis en mission. Je revins au bout de quatre-vingt-cinq ans et découvris que mon idée n'avait pas été ridicule du tout.

LE FAUNE

Un dragon s'envola dans un tonnerre d'ailes merveilleuses. Un arbre-python enroula ses branches. Un léger carillon courut parmi les minuscules fleurs rouges tapissant le sol. Etranger dans la forêt, un bosquet de sapins ne s'agitait qu'à la brise.

Le jeune garçon, Tom, émergea d'entre ces arbres. Il était grand et mince, vêtu d'une tunique de cuir écailleux, un couteau à la ceinture, un fusil et un sac à dos sur les épaules. Derrière lui, suivait un cynopard, silencieux sur ses six pattes, son pelage luisant du même bleu-vert que les feuilles indigènes et marbré de taches de soleil rutilantes. Ils scrutèrent les ombres des fourrés, écoutèrent les sons légers, respirèrent les odeurs violentes. Finalement, le garçon hocha la tête.

– Oui, oui, murmura-t-il. Quelque chose ne va pas. Là-bas.

Il repartit, rapidement mais avec prudence. Le cynopard le suivit, sa tête terrible juste au-dessous de sa main gauche.

L'homme, Edmund Wylie, se débattait dans les broussailles, un peu haletant, sa barbe et ses cheveux gris trempés de sueur.

« Pas de panique, se dit-il. Je ne suis pas perdu. Je me suis simplement éloigné des autres, parce que toute cette beauté m'a distrait. »

Il avait rarement vu des papillons-paons; ils ne survivaient pas en captivité. En en trouvant un dans sa maison, il fut ébloui. Tout à coup, il comprit pourquoi les gens d'ici accrochaient des lanternes japonaises dehors pour attirer les papillons la nuit et en faisaient le symbole d'un nouveau mode de vie. Il suivit la radieuse créature en s'écartant de la piste. Quand il voulut faire demi-tour, toutes les directions lui parurent semblables.

« Je sais que j'ai marché en rond, que j'ai aggravé mon cas, pensa-t-il. Mais mon groupe ne doit pas être loin, pas à plus de quelques kilomètres. »

Mais ce pouvait être une trop grande distance, dans cette région sauvage. Cela représentait peut-être autant que les onze années-lumière le séparant de la Terre.

La végétation l'encerclait et formait une voûte au-dessus de lui. A travers le feuillage, il aperçut Epsilon Eridani. Le disque solaire paraissait deux fois plus gros que Sol, d'après les vagues souvenirs qu'il gardait de son enfance, et rouge doré dans un ciel violet. Il avait toujours trouvé Arcadie admirable, une planète vierge attendant l'homme comme une fiancée, qui valait amplement des dizaines d'années de sommeil, congelé à bord d'un vaisseau spatial, le labeur, et les dangers de l'exploration, et de l'isolement du reste de l'humanité.

Mais il sentait à présent, au fond de son cœur, qu'il appartenait à la ville et à la machine. Il ne comprenait pas très bien les nouvelles générations, qui se dispersaient à travers le monde, qui parlaient de coopération avec la nature plutôt que de guerre contre elle. Ces silences l'effrayaient.

Une silhouette escalada un tronc et disparut

parmi les branches. Wylie l'aperçut à peine et entendit un bavardage indigné. Un écureuil!

« Pourquoi pas? Nous, les colons, nous avons apporté plus que des semences. Nous sommes venus avec des embryons congelés, en animation suspendue, de toutes sortes d'animaux, prêts à venir à terme dans les bacs de gestation au fur et à mesure des besoins. Le plus singulier, c'est que les paysans n'introduisent pas plus vite des espèces terriennes. »

Au souvenir des réussites passées, le moral de Wylie remonta. Il n'était pas devenu ce qu'il était sans avoir confiance en lui-même. Bien que d'âge mûr, il était en bonne condition physique. Si personne ne le retrouvait, il serait capable de rentrer tout seul.

Le groupe s'était transporté par la voie des airs au pavillon du lac du Poisson-Lune. Le trouvant désert – le Faune était apparemment en mission – ils étaient partis à pied par une piste de gibier pour explorer un peu la région. Ainsi, Wylie ne connaissait pas la position exacte du hameau qu'il visitait. Cependant, s'il se dirigeait vers le nord, il devait atteindre des terres défrichées et des fermes au bout de quelques heures.

S'orientant sur le soleil, il repartit. Il n'aperçut pas la chose qui, bientôt, se mit à le suivre.

Le garçon fit halte à nouveau. Un malaise l'envahissait. Le cynopard le sentit et montra les dents. Tom caressa la créature.

– Tu crois que je devrais utiliser mon intuition? demanda-t-il.

Il parlait souvent aux animaux. Ce n'était pas de l'excentricité. Chez lui, à l'école, à tous moments, quand il ne parcourait pas les bois, il se conduisait autant que possible comme un adolescent normal de trente-quatre ans. (Ou seize, si l'on s'adressait à une personne âgée qui calculait encore selon le calendrier de la Terre.) Bien sûr, il y avait des limites à son état normal. Les dons naturels et le dur entraînement qui avaient fait de lui un Faune ressortaient toujours, de plus en plus même, à mesure que le projet écologique se développait. Mais autrement, il menait une vie relativement normale, qui incluait l'habitude de parler beaucoup.

– Tout ce que je sais, c'est que quelque chose ne va pas, devant nous, murmura-t-il. Les oiseaux volent et font du bruit, les arbres mobiles sont en position de défense, des trucs comme ça. Avons-nous le temps de mieux nous renseigner?

Le cynopard remua la queue. Tom prit sa décision et s'ouvrit à la forêt.

Les sens sont plus aigus que nous le soupçonnons en général. Les yeux réagissent à une demi-douzaine de quanta de lumière, le nez et la langue à un pourcentage infinitésimal de molécules, les oreilles et la peau aux moindres ébauches de stimuli. Et puis des individus existent qui peuvent abaisser à volonté le seuil de la perception. Un océan de détails visuels, de sons, d'odeurs, de goûts, de vibrations, de températures, de gradients thermiques, tout ce qu'il y avait à percevoir, déferla sur le Faune et le submergea.

Dans cet état, il ne se servait pas de son esprit conscient et rationnel. Pourtant, son cerveau et tout son système nerveux étaient furieusement actifs. N'étant plus canalisé dans la froide logique, son esprit fonctionnait comme un ordinateur analogique aux multi-millions de cellules. L'instinct primordial et la sagacité du corps le guidaient. Sur un plan plus profond que la pensée, Tom comprenait la totalité de son environnement.

« Tu ne peux te dispenser de la méthode scientifique, lui avait dit le Dr Krishnamurti, le Dr Nathu Krishnamurti, le jeune homme qui avait contribué à la création de la nouvelle technique et la perfectionnait encore. La plupart du temps, tu transporteras sur ton dos le matériel de biologie, tu récolteras des spécimens, effectueras des analyses, proposeras et mettras à l'épreuve des hypothèses, toutes les procédures habituelles. Elles sont nécessaires. »

Ses yeux avaient brillé. « Mais elles ne suffisent pas, Tom. C'est pourquoi nous voulons t'entraîner et te mettre au travail, même à ton âge. Tu as un rare talent inné. Nous espérons refaire ce monde jusqu'à ce qu'il devienne un paradis. Mais une écologie est trop vaste et trop complexe pour les changements aveugles. Lis les enregistrements de la Terre. Lis ce que l'on dit des lapins en Australie, des maladies des céréales, des hannetons et des tourbillons de poussière en Amérique, de la pollution et des ravages à l'échelle des continents. Ici, nous avons un nouveau monde, une occasion de repartir d'un bon pied. Allons-nous créer un autre désert mécanique ou allons-nous le faire fleurir? Pour aider la nature à nous aider, nous devons retracer la myriade de rapports dans le réseau de la vie, leurs interactions, leur signification, leur valeur, leur importance. Ce sera ta carrière, Tom, si tu le désires. Tu ne trouveras pas de plus haute vocation. »

La révélation se dissipa. On ne pouvait la supporter plus de quelques minutes à la fois. Mais à chaque fois, on accroissait sa perception, on élargissait sa compréhension pour guider la recherche.

Tom n'évalua pas cette expérience. Ce qu'il avait cherché n'était que trop clair à présent : *Pas très loin, un habitant de la ville errait, égaré. Et la mort était sur sa piste.* Il se mit à courir.

Les fourrés semblaient se mettre en travers du chemin de Wylie avec une volonté maléfique. Ce n'était pas vrai, pensa-t-il. Les autochtones se déplaçaient sans effort dans cet enchevêtrement de lianes et de vrilles. Piètre réconfort. Il étouffait. Ses vêtements étaient trempés de sueur. Il haletait, l'air pénétrait dans ses poumons et en sortait avec difficulté. Mieux valait se reposer un peu. Une petite clairière, à l'ombre de séquoias déjà hauts de quinze mètres, l'y invita. En s'asseyant sur la souche d'un arbre indigène que les immigrants avaient abattu, il s'aperçut qu'il tremblait de fatigue.

Maudit pays! Et la nouvelle génération voulait préserver son caractère essentiel?

Peut-être n'avait-elle pas tort, au fond. Bien qu'il fût président des 10000 habitants d'Arcadie, Wylie savait qu'il ne pouvait imposer sa volonté à l'histoire. Il n'y tenait pas, d'ailleurs. Sa responsabilité était de guider les héritiers vers un bon départ. C'était pourquoi il était arrivé sans se faire annoncer. Bien sûr, il avait aussi une raison personnelle de vouloir surprendre le Faune...

Un sifflement de bouilloire le fit sursauter. Il se leva d'un bond. Son cœur se convulsa.

Long de trois mètres, merveilleusement iridescent, la mâchoire béante et les crocs luisants, le redoutable lézard surgit des buissons et se rua sur lui. Il se vit déjà dévoré. Ces six pattes pouvaient courir plus vite, grimper plus haut, frapper plus fort que l'homme le plus fort de tous les temps. Il dégaina son couteau, geste futile, et bredouilla les noms de sa femme et de ses enfants.

Le Faune apparut.

Pendant un instant, le monde personnel d'Edmund Wylie se figea. Il vit la longueur de la bête, braquée sur lui dans sa faim et sa férocité stupides.

Il vit le garçon comme une espèce d'elfe des bois, l'autre bête sur ses talons, les arbres et la pénombre derrière eux. Mais tout son être se braquait sur le fusil, le fusil de haute précision à l'épaule du garçon; et la délivrance chanta en lui.

Seulement... Tom ne prit pas le fusil.

– Attaque! cria-t-il, et il se lança lui-même en avant.

Le cynopard bondit. Il frappa le terrible lézard au flanc. Des crocs arrachèrent des écailles. Le lézard ulula étrangement, pivota, fouetta de la queue avec une force assassine. Le cynopard la para mais dut lâcher prise. Il rebondit, visant la gorge. Enlacés, les deux grands animaux roulèrent sur l'herbe.

Ils faillirent renverser Tom. Il eut à peine le temps de sauter de côté. Wylie restait paralysé par le choc. Tom le tira par le bras.

– Ecartez-vous, monsieur, haleta-t-il. Vous risquez d'être tué.

Tous deux trouvèrent un abri dans un fourré. Le combat ne dura que quelques minutes. L'évolution n'avait pas donné au lézard la peur instinctive des hommes mais lui avait inculqué un sain respect pour les autres grands carnivores arcadiens. Découragé, il s'enfuit dans les taillis. Le cynopard hurla triomphalement et bondit joyeusement vers le Faune.

– Ah, toi, toi, toi!

Tom serra dans ses bras l'énorme bête et enfouit son visage dans la fourrure. Au bout d'un moment, il se redressa et se tourna vers Wylie.

– Vous n'avez rien, j'espère?

– Heu... non, non, répondit l'homme.

Il défaillait un peu et son cœur battait encore irrégulièrement. Mais il avait repris ses esprits et l'habitude de commander lui revenait. Il regarda sévèrement son sauveteur.

– A part un détail.

– Et ni l'un ni l'autre n'eurent rien de plus que quelques égratignures et morsures, dit gaiement Tom. (Puis, se reprenant :) Oh, pardon. Vous disiez ?

– Tu aurais pu abattre cette bête avec ton fusil, déclara Wylie en détachant ses mots. Je sais que tu es un excellent tireur. Mais tu as risqué notre vie à tous les deux. Tu... (Brièvement, il se sentit et eut l'air vieux. Il secoua la tête.) Vous les jeunes, je ne vous comprends pas. Je ne suis plus à l'unisson avec vous. Que vous a fait Arcadie ?

Tom fut atterré.

– Mais je ne pouvais pas le tuer ! protesta-t-il. Pas alors que nous avions toutes les chances de vous sauver d'une meilleure façon ! Je suis un Faune, monsieur. J'ai un devoir envers toute cette planète, envers toute la vie qu'elle porte.

– Même la vie dangereuse ?

– La nature a besoin de bêtes de proie. Les grands lézards sont déjà devenus trop rares. Entre autres choses, ils réduisent le nombre des tricornes. Les tricornes mangent l'écorce des arbres où les papillons-paons déposent leurs œufs et... (La voix de Tom se brisa. Il serra le cou de son ami le cynopard, cherchant une consolation.) J'aimerais tant vous le faire comprendre, monsieur. Que l'homme doit cesser de détruire et commencer à aider.

Edmund Wylie considéra longuement le garçon. Peu à peu, sa colère le quitta et ce fut comme si de la force la remplaçait.

– Je comprends peut-être, répondit-il avec douceur. Je te dois peut-être plus que la vie. Finissons-en avec ce « monsieur » ridicule, tu veux ?

Le sourire de Tom s'épanouit. Il saisit les mains de l'homme.

– D'accord, papa, dit-il.

DANS L'OMBRE

Il y avait un homme nommé Danilo Rouvaratz qui avait signé la Pétition des Droits. Quand elle fut repoussée et que l'émeute tourna à l'insurrection, il prit la tête des rebelles dans son propre secteur. Un lance-flammes le tua alors que les moniteurs entraient dans Zagreb.

A cette époque, le Géarque, Huang III, était assez rusé pour comprendre l'utilité de la mansuétude. Il gracia la plupart des insurgés, procéda à certaines réformes et éteignit ainsi l'incendie. Il savait pourtant que des braises couvaient encore sous les cendres. Mieux valait les disperser. Des enquêteurs apprirent que Danilo Rouvaratz avait laissé plusieurs enfants. Le gouvernement les prit en charge. Le petit Karl de dix ans fut envoyé en pension en Amérique du Nord puis à l'Académie Spatiale. Son rôle dans le sauvetage du vaisseau de ligne martien *Flying World* en fit un héros. Mais il avait toujours été un individu susceptible, trop indépendant, et son dossier indiquait qu'il nourrissait encore un certain ressentiment. La solution très naturelle à ce problème en puissance fut de lui offrir un poste dans l'expédition d'Acheron. Il devrait normalement en être reconnaissant; et on serait au moins débarrassé de lui pour un moment.

Ce fut ainsi qu'il se retrouva en train d'approcher d'une étoile qu'il ne pouvait voir.

Il le comprit trop tard. Son vaisseau était sur orbite, ses rétro-fusées à basse puissance, si bien qu'il tomba en spirale vers ce qu'il supposait être la naine calcinée qu'il venait découvrir. Il demeura crispé dans son harnais aux commandes de pilotage, les yeux allant constamment du ciel au radarscope et aux instruments enregistrant les émissions des sondes d'essai tirées devant lui. Dès qu'il capterait les reflets d'un corps céleste – et ses instruments pouvaient détecter un rocher d'un mètre à mille kilomètres – il arrêterait les réacteurs et planerait librement. Mais les écrans ne montraient que de vagues étincelles, des images spectrales d'atomes et d'électrons perdus dans le vide.

Aaron Wheeler entra dans la tourelle des commandes, équilibra son poids de légère décélération contre une console d'appui et demanda si l'on avait déjà repéré des traces.

– Non, répondit Karl Rouvaratz. Rejoignez votre poste à l'arrière.

Wheeler se hérissa. Le mouvement fut réellement visible sous sa combinaison spatiale. C'était un homme de bonne famille, maigre, aux traits anguleux et aux cheveux gris, d'une considérable érudition. Toute sa vie, on l'avait respecté.

– Puis-je vous rappeler, dit-il sèchement, que ce voyage est organisé pour moi? Vous n'êtes là que pour me conduirc à l'objet que je dois étudier.

Rouvaratz tourna à demi son corps trapu. Ses yeux fulgurèrent, verts dans son visage buriné et basané.

– Tant que nous sommes seuls ici, j'ai l'autorité du capitaine de vaisseau. Retournez à l'arrière. Je vous avertirai quand nous verrons quelque chose. A quoi servent les interphones, à votre avis?

Wheeler resta où il était, raide et obstiné. Un instant, Rouvaratz songea à le faire obéir de force. Ce serait facile et satisfaisant. Les dieux qui avaient donné au pilote la force de deux hommes l'avaient placé dans un milieu où il n'en avait que faire. C'était là la source de sa colère contre le monde.

Mais non. Il ne pouvait abandonner son poste en plein vol. Il devait aussi se montrer diplomate. L'expédition comprenait vingt êtres humains, à près de douze unités astronomiques de chez eux et s'en éloignant de cinquante kilomètres à chaque seconde. Le mystère les environnait et, en cas d'ennui, ils ne pourraient compter sur aucun secours. S'ils ne travaillaient pas ensemble, à l'unisson, ils étaient morts.

Les ténèbres et les étoiles aveuglantes couronnaient Wheeler à travers la coupole d'observation. Sol était cruellement incandescent mais rétréci et bizarre. Acheron restait invisible; seule l'attraction monstrueuse qu'il exerçait permettait de le repérer. Le vaisseau tâtonnait dans la nuit.

Rouvaratz soupira. On eût dit que la fatigue du voyage l'accablait toujours : six mois après avoir quitté l'orbite lunaire, le *Shikari* interceptait son objectif. Et puis il y avait eu les manœuvres fastidieuses : le tir d'innombrables fusées-radio, le calcul de la position d'Acheron d'après les courbes imprimées à leurs trajectoires, l'échec des recherches télescopiques... tout cela avant que ce vaisseau auxiliaire soit envoyé pour une observation rapprochée. Les nerfs étaient à vif.

« Crachefeu! jura Rouvaratz à part lui. En voilà assez! Doc O'Casey dit que nous sommes en bonne forme. »

Il parla avec précaution; sa voix lui parut creuse dans le murmure des ventilateurs et des renouveleurs d'air, les palpitations de la génératrice thermo-nucléaire, les rétro-pulsations des réacteurs à ions qui éclaboussaient l'obscurité d'un feu diffus.

– Ecoutez, monsieur, nous sommes bien plus près que je ne voudrais et nous n'avons toujours rien vu. Un effet d'absorption bloque peut-être notre radar mais, bon Dieu, nous devrions apercevoir à l'œil nu un disque occultant, maintenant! Quand j'aurai une indication, nous risquons d'être si près qu'il me faudra immédiatement couper les fusées. Vous pourriez faire une mauvaise chute, tomber même contre les commandes, passées à G-nul sans avertissement. Pour votre propre sécurité, allez vous harnacher, s'il vous plaît.

– Et la vôtre, railla Wheeler.

– Que voulez-vous, j'aime la vie.

– Vous n'en avez pas l'air!

Rouvaratz ne se donna pas la peine de répondre. Il était généralement sec avec ses supérieurs. Même à bord du *Shikari*, on ne pouvait dire que l'astrophysicien et lui faisaient partie du même monde. Le besoin d'intimité étant aussi important que l'oxygène pendant une croisière aussi longue, des clans s'étaient inévitablement formés dans la gigantesque carlingue; Wheeler ne bambochait pas avec l'équipe des ingénieurs et ne faisait pas la fête avec les filles. Rouvaratz se demandait quels souvenirs de la Terre lui étaient chers. Sûrement pas l'immensité neigeuse de l'Himalaya ni la voile au vent salé à travers le golfe du Mexique. (Avec le salaire de pilote de vaisseau spatial, on pouvait se permettre le luxe des quelques réserves au grand air qui existaient encore.) Et encore moins la course en aile planante ou les petites tavernes bizarres des bas-fonds du Complexe de Chicago.

En examinant le pilote, Wheeler se radoucit.

– Très bien, dit-il. Je me suis peut-être mépris. Je ne suis encore jamais allé plus loin que le Premier

Observatoire lunaire. Mais vous, vous ne comprenez pas...

Il s'interrompit et quitta la tourelle.

Rouvaratz ne bougea pas. Les étoiles l'assaillaient, brillantes et froides comme des diamants, aussi fixes que des yeux de serpent. Il ne savait pas pourquoi elles lui paraissaient étrangères. Les constellations n'avaient pas tellement changé, en un milliard et demi de kilomètres seulement. La différence venait peut-être de ce que Sol les avait rejointes, sans être davantage que la plus brillante de leur horde. Tout ce qui était la vraie conscience de l'homme – le jeu des muscles sous la peau, la respiration, une bouffée d'air sur la figure, les odeurs d'huile de machine et de sa propre chair – n'apportait plus aucun réconfort.

Il régla le spectroscope. L'effet Doppler sur la luminosité stellaire donna une mesure de vélocité, ainsi que l'onde radio du vaisseau porteur sur son orbite lointaine. Un ordinateur analysa les données. Son écran déclara que le vaisseau tournoyait furieusement autour de la chose qu'il ne pouvait détecter.

Rouvaratz fut surpris de s'entendre dire à l'interphone :

– Ne nous disputons pas, professeur. Je crois que j'ai parlé trop durement. Qu'est-ce que je ne comprends pas?

– Hein?

Rouvaratz perçut la stupéfaction de l'astrophysicien, assis là-bas dans son harnais entre des parois de métal aveugles.

– Ah oui! Vous ne pouvez pas savoir à quel point ceci est important pour moi. J'ai renoncé à bien des choses pour participer à cette expédition. Et l'espace n'est pas tendre envers un corps d'un certain âge. Mais pour un phénomène aussi rare et merveilleux... (Un rire, incertain mais néanmoins inattendu, ponctua ses mots.) J'ai l'impression d'avoir de nouveau six ans, au matin de mon anniversaire. Me reprocheriez-vous d'être pressé de voir mes cadeaux ?

Rouvaratz, perplexe, fronça les sourcils. Une naine noire était-elle si spectaculaire ?

On le lui avait dit. Le Comité d'Entreprise scientifique voulait depuis longtemps lancer des missions, des sondages télémétriques au moins, au delà du système solaire. Mais l'autorisation tardait. Même la Géarchie devait tenir compte de l'opinion des contribuables en projetant une expédition aussi coûteuse, dont les résultats se feraient attendre pendant des années et n'apporteraient jamais rien de plus que de pures connaissances. Aucun avis hostile ne fut exprimé, cependant, quand un voyage fut proposé vers la chose appelée Acheron.

Car *cela* passait par le système, entraînait Uranus dans une nouvelle orbite démente, troublait le puissant Jupiter, modifiait le trajet galactique du soleil lui-même. La Terre était un peu perturbée et les instruments lunaires – optiques, radios, rayons-X, détecteurs de particules – se livraient avidement à des recherches.

Ils n'obtinrent pas un soupçon de réponse, pas un photon, pas un électron, pas même une éclipse. L'appât qui attirait le *Shikari* était finalement du noir et du vide.

Parfois Rouvaratz se demandait pourquoi diable il était venu. La seule raison qu'il pouvait trouver, c'était qu'à son retour, s'il en revenait, il serait auréolé d'un prestige qu'il pourrait utiliser pour lancer le projet d'un véritable voyage interstellaire. A Tau Ceti, par exemple; ce soleil-là devait avoir des planètes et on pouvait dormir en état d'hibernation pendant les dizaines d'années que durerait le voyage. Dieu! fouler un monde sans villes, ni foule, ni gouvernement, ni police, un monde inviolé par l'homme! Mais les chances de découvrir de son vivant une Nouvelle Terre étaient négligeables. Ce n'était sans doute pas la vraie raison de son voyage. Peut-être voulait-il simplement ruer dans les dents du cosmos.

– Avez-vous remarqué quelque chose? demanda vivement Wheeler.

Rouvaratz sursauta et sourit.

– Non. Excusez-moi. Je réfléchissais. Euh... je voulais vous demander pourquoi vous êtes si excité. C'est-à-dire... Je sais que ce sera le premier corps de ce genre à être observé. Vous pourriez découvrir une nouvelle loi naturelle. Mais est-ce que les chances ne sont pas contre vous? La théorie ne permet-elle pas de prévoir assez exactement la nature d'une étoile qui a épuisé ses dernières réserves d'énergie, comme celle-ci?

– Evidemment non, répondit Wheeler. *Ça* ne devrait pas être cette... cette chose invisible... à moins qu'il s'agisse d'un trou noir... vous savez, un soleil mort si comprimé que la lumière elle-même ne peut s'échapper. Et *ça* n'a pas assez de masse pour en devenir un. Etant donné une masse comme celle de Sol, même dans son état de dégénérescence quantum le plus extrême, *ça* ne devrait pas être petit au point d'être introuvable à une si courte distance. Et *ça* ne devrait même pas être sombre du tout : *ça* devrait renvoyer la lumière assez brillamment. (Il s'anima soudain et sa morgue disparut.) Pilote! Si mes espoirs sont justifiés, nous ne verrons jamais cette étoile.

– Hein?

– Vous ne savez pas? Les directives que vous avez reçues n'ont pas mentionné...

– Rien du tout. Je ne suis qu'un pauvre pilote,

vous savez. Les savants n'avaient pas de temps à perdre avec moi. Continuez.

– Ce que nous verrons sera un... un trésor, une mine de renseignements, quelque chose d'unique dans la galaxie, quelque chose de bien fait pour me faire croire qu'il y a vraiment un Dieu qui veille sur nous.

– Pardon ?

– Je vous en prie, dit Wheeler en riant. Laissez-moi m'amuser un peu. Je devrais pouvoir vous dire sous peu si j'ai raison ou non.

Rouvaratz crispa un gros poing.

– Je veux savoir dans quoi diable nous nous précipitons !

– Si c'est ce que je crois, nous ne pouvons absolument pas en souffrir. Sinon, eh bien alors, je suis aussi perplexe que vous. Quelle est notre position actuelle ?

– Qui sait, alors que nous n'avons d'autre référence que le centroïde calculé par l'ordinateur ? Mais nous sommes sur orbite à 435 kilomètres-seconde. Si c'était Sol, nous effleurerions la photosphère. Nous ne pouvons plonger plus profondément dans le puits gravitationnel; il n'y aurait pas assez de réaction de masse pour en ressortir.

– L'attraction s'accroît donc, comme si c'était un corps solaire... c'est ça ?

– Oui. Et ce n'est pas normal. Si c'était une étoile neutron, un bloc de matière écroulée, plus petit que la Terre, son champ devrait cesser si brusquement que...

Le coup les frappa à ce moment-là.

Si loin dans le vide, il n'avait pas été jugé nécessaire de sacrifier d'autres facultés au simple maintien des détecteurs de météroïdes au rayon maximum. De plus, les manœuvres de parade étaient handicapées par la proximité d'une masse à l'attraction puissante. En conséquence, les instruments automatiques du vaisseau ne purent réagir à temps.

La première sensation de Rouvaratz fut le choc. Un poing de korrigan le plaqua dans son harnais et lui ébranla la tête dans son casque ouvert. Le métal résonna furieusement. Des étincelles traçaient des arcs fulgurants, l'air sentait la foudre. Tout à coup, les manettes de sécurité sautèrent, les moteurs se turent, le vaisseau tournoya librement. On n'entendait que le sifflement aigu des gaz s'échappant de la coque crevée.

– Fermez votre visière! hurla-t-il machinalement en joignant le geste à la parole.

Ses tympans faillirent éclater quand la pression tomba. Mais il n'eut pas le temps de remarquer la douleur, ou d'avoir peur, ou de faire autre chose que les mouvements automatiques de survie.

Un coup d'œil aux instruments : la plupart fonctionnaient encore, il vit que la génératrice était intacte, les tubes à ions aussi. Mais un réservoir avait dû être fêlé, laissant fuir le liquide dans l'espace, car l'aiguille du cadran plongeait vers zéro. Les circuits implantés dans la structure du vaisseau indiquaient les emplacements des avaries. Il défit son harnais et bondit en apesanteur de son siège.

Maintenant, le vide emplissait le vaisseau. La lumière des fluorescents, du soleil et des étoiles, tombait en plaques concentrées, cerclées d'ombres noires. Il se propulsa vers l'arrière, en prenant appui sur les poignées des parois. Dans la cabine principale, le ciel l'éblouit par un trou percé dans le fuselage. Des épaves filaient vers l'arrière et traversaient la paroi défoncée en direction du réservoir par lequel le projectile était ressorti. Des détritus flottaient de tous côtés, tout n'était que chaos dans le silence irréel. Il regarda le renouveleur d'air en miettes et eut la nausée.

Une forme en combinaison spatiale avança gauchement vers lui.

– Allez-vous-en! glapit Rouvaratz en jurant.

Wheeler gesticula comme un épouvantail. Rouvaratz s'aperçut que sa radio n'était pas branchée. Il tourna le bouton et gronda entre ses dents :

– Otez-vous de mon chemin, nom de Dieu! Vous nous avez tués tous les deux, mais je ne vous laisserai pas me gêner dans mon travail.

– Mais... mais qu'est-ce que... Que s'est-il passé?

Le soleil pénétrait comme une lame par la déchirure du flanc, modelant durement la figure de Wheeler. Rouvaratz grogna, l'empoigna et le traîna vers la cabine de couchage.

– Attachez-vous, ordonna-t-il. Et ne bougez pas avant que je vous appelle.

Le savant recula peureusement. Le pilote entendit un vague gémissement, grogna encore et retourna dans la cabine principale.

Pendant les deux heures suivantes, il eut tant à faire que la colère lui passa. Il devait attraper l'équipement détaché, effectuer une inspection générale, réparer les avaries, souder des plaques de blindage, tout vérifier et, finalement, libérer l'air du stock de réserve, une tâche considérable pour un seul homme, qui exigeait en plus de l'habileté et du sang-froid.

Il ne se pressa pas. Le vaisseau tournait dans un équilibre de forces qui pourrait durer jusqu'à ce que la galaxie s'éteigne. C'était de la malchance pure qu'ils aient été frappés, dans un volume d'espace aussi vaste. Les risques d'une nouvelle collision paraissaient littéralement impossibles.

Après avoir contacté le vaisseau porteur par maser, et transmis son rapport, il ne lui resta plus grand-chose à faire. Alors, finalement, il fit venir Wheeler dans la tourelle de commandes.

Autant essayer de deviner ce qui les avait condamnés.

Des sonneries d'alarme retentirent. L'équipage se précipita à son poste. Des messages partirent, alertant les vaisseaux qui étaient allés enquêter dans d'autres régions autour d'Acheron. Le *Shikari* rassembla ses deux sections et repartit.

Il avançait avec prudence. La coque qui avait traversé l'espace à cent kilomètres-seconde était une énorme bulle, plus fragile que les vaisseaux auxiliaires qu'elle contenait. Son approche de l'étoile sombre, en coordonnant les vitesses et en se plaçant sur orbite, avait été la manœuvre la plus délicate jamais effectuée.

La tension nerveuse avait rongé le commandant Nathans, même avant que la nouvelle du désastre lui parvienne. Il se sentait très vieux, en contemplant les ténèbres scintillantes. « Tu as pris deux hommes de valeur, pensait-il. Tu veux aussi le reste d'entre nous, hein ? »

Janice Falconet n'avait rien à faire pour le moment. Ils devaient tous être des techniciens expérimentés, mais sa mission était l'entretien des instruments scientifiques. Pour l'heure, elle ne pouvait que rester dans sa cabine, entourée de métal vibrant et essayer de ne pas pleurer. Elle n'y réussit pas.

Maura O'Casey, le bio-médecin, l'avait rejointe, sentant qu'elle avait besoin de compagnie.

– Ne vous faites pas tant de souci, mon chou, murmura-t-elle en laissant la tête blonde reposer sur son épaule. Nous ne sommes pas encore battus. Nous les ramènerons.

– Nous le devons ! cria Janice.

– Allons...

Maura se tut brusquement. Ce n'était pas le

moment de rappeler qu'il fallait bien s'attendre à des pertes. Le froid et le vide de l'espace, la brutalité aveugle de la matière incontrôlée par la friction ou la gravité, déversant des radiations, cette chose invisible qui avait pris le vaisseau au piège... Soudain, elle comprit que l'angoisse de Janice n'était pas simplement de la terreur.

– Vous voulez dire que c'est personnel?

– Eh b-bien, nos amis... il faut avoir des amis ici, nous sommes si seules...

Janice se redressa, et s'essuya les yeux d'un revers de main.

– Je doute que le Dr Wheeler vous fasse cet effet-là, dit Maura.

Janice la regarda. Un frisson la secoua.

– Avez-vous signé à cause de Karl Rouvaratz?

Maura n'obtint d'autre réponse qu'un petit soupir frémissant. Elle soupira aussi.

– Ça ne change rien, d'ailleurs, ajouta-t-elle. Le résultat serait le même si cet attachement affectif s'était développé à bord. Mais vous ne devez pas le laisser s'approfondir, vous savez.

– Pourquoi?

Vous le savez très bien. La situation vous a été longuement expliquée avant le départ. Nos marges de survie sont déjà trop étroites, sans qu'on laisse intervenir des rivalités, des jalousies, des intrigues, ou même le chagrin causé par un décès. Les rapports temporaires, c'est très bien. L'exclusivité, pas du tout. (La voix de Maura devint un peu nostalgique.) Ça m'a passé. J'ai peut-être oublié ce que c'est que d'être jeune.

Janice regarda ses mains, crispées sur ses genoux, avant de répondre :

– Excusez-moi. Je rêve parfois à ce que nous ferons, une fois rentrés chez nous.

– Et... est-ce que Karl partage ces rêves?

– Je ne sais pas. Il n'est pas homme à... à se révéler. Il parle, il plaisante comme tout le monde, la plupart du temps. Mais parfois il devient taciturne. Et il ne dit jamais rien de significatif.

– Significatif pour une femme, vous voulez dire, murmura Maura en souriant. Enfin... nous allons être à Acheron pendant au moins un an et puis il y a le long retour. Tout le temps qu'il faut pour agir sur un homme, à la condition que vous observiez toutes les règles de l'expédition.

– Certainement, dit tristement Janice. (Puis elle prit conscience de ce que cela impliquait et elle sursauta.) Comment cela, un an « au moins »?

– Nous pourrions rester ici indéfiniment. Le vaisseau est un système écologique fermé. Si nous tombons sur quelque chose d'intéressant...

– Non! Ils ne peuvent pas! Nous avons signé pour une période donnée! Vieillir ici...

– Un pas à la fois, ma petite fille, conseilla Maura. D'abord, nous devons sauver ces hommes.

« Si nous le pouvons, pensa-t-elle. Je ne vois pas comment. »

Le vaisseau spatial fonçait autour d'un cercle de près de quatre millions et demi de kilomètres de circonférence. Le froid l'environnait, un pâle soleil brillait sur ses flancs, la Voie Lactée bordait son univers visuel. Dans la tourelle de commandes, le silence pesait sur les légers bruits de machines et de vie. Rouvaratz ne pouvait plus raisonner tandis qu'il plongeait dans l'incandescence.

Des tempêtes faisaient rage, des flammes s'étalaient en nappes, la lumière et la chaleur irradiaient de cette violence de plusieurs milliards d'années qu'est une étoile. Il ne survivrait pas une fraction de seconde. Rien ne le pouvait. Pourtant ses cadrans indiquaient du vide au dehors, des radiations cosmiques ordinaires, un faible champ magnétique porté par du plasma. Son récepteur radio bourdonnait des ondes émises par le *Shikari*, crépitait d'interférences spatiales – la voix des nébuleuses et des galaxies.

– Je ne vous suis pas, dit-il.

Une partie de son esprit se demandait s'il se montrait délibérément commun, carrément stupide : une manière d'affirmer son humanité. Il regarda Wheeler. L'astrophysicien était assis à côté de lui dans le siège de secours du co-pilote. Ils auraient pu s'entretenir par l'interphone mais chacun avait besoin de la présence de l'autre.

– Donnez-moi des détails sur votre théorie.

– Si vous m'expliquiez d'abord quels sont nos ennuis, rétorqua Wheeler.

Son arrogance n'était plus de la colère, simplement une défense. Il était blême et un tic faisait sauter l'une de ses paupières.

– Une fusée-sonde nous a heurtés. Une des premières que nous avons tirées du vaisseau porteur, en arrivant dans le champ. Les batteries étaient épuisées et elle n'émettait plus. Vous vous souvenez que certaines sondes sont téléguidées en orbites rapprochées autour du centroïde calculé, pour voir comment elles se comportent et pour donner à nos matheux une petite idée de ce qu'est Acheron.

– Pas de condescendance, je vous prie! s'exclama sèchement le savant. (Il se reprit :) Non, excusez-moi. J'ai les nerfs à vif. Dites ce que vous voulez.

– Eh bien, avant l'arrêt des émissions, les orbites des fusées ont été calculées. Extrêmement excentriques, pour une raison inconnue, mais nous avons utilisé une courbe d'approche qui n'aurait pas dû nous amener dans le voisinage de l'une d'elles. Seulement, j'ignore comment, quelqu'un a fait une erreur. Je crois savoir pourquoi.

– Moi aussi, grogna Wheeler en hochant la tête. Les prévisions de la position future des fusées ont été faites en partant du principe qu'Acheron est une étoile neutron, petite et ultra-dense. Comme ce n'est pas le cas... oui, une précession rapide... et le champ de force lui-même varie de manière imprévisible, selon les variations de densité dans l'étoile. J'aurais dû... Non. Puisque les trajectoires étaient, comme je disais, imprévisibles, vous et moi devions accepter le risque quand même.

Rouvaratz s'étrangla et fut bien près de frapper le savant.

– Ce n'est pas vrai! Si vos snobs au cerveau brouillé m'avaient dit ce qu'Acheron était peut-être, j'aurais pu deviner ce danger et prendre des précautions...

Il ne put en dire plus.

Wheeler attendit en silence que le pilote semble se calmer. Puis il dit, aussi sèchement que possible :

– Si vous pensez avoir droit à des excuses, acceptez les miennes. Mais personne n'avait l'intention de vous causer du tort, ou de vous négliger. Ils n'ont pas pensé que vous seriez intéressé par ce que tous les spécialistes, à part moi, considéraient, rappelez-vous, comme une très lointaine possibilité.

Rouvaratz ne répondit pas. Wheeler grimaça et reprit :

– C'est vrai, les données des sondes ne concordaient pas avec le fait qu'Acheron soit une boule ultra-dense. Mais on a de bonnes raisons de penser que les étoiles neutrons peuvent avoir une atmosphère étendue. Cela justifierait bien aussi le comportement des fusées... et les ferait même s'écraser sur le globe central avant l'arrivée du vaisseau. La seule preuve sur laquelle je puisse me fonder, c'est que nous n'avons pu situer optiquement l'étoile. Et cela pourrait s'expliquer, avec des suppositions assez poussées, par les propriétés de fléchissement de la lumière de...

Rouvaratz jugea préférable de se radoucir avant d'être assommé de discours.

– D'accord, vos têtes d'œuf n'étaient peut-être pas stupides. La nature a pu vous prendre simplement par surprise. Mais quoi qu'il en soit, vous et moi sommes coincés. Nous pouvons dépenser la masse qui nous reste pour reculer assez loin d'Acheron. Mais nous ne pouvons pas effectuer de rendez-vous avec le *Shikari* ou aucun autre vaisseau. Ils ne peuvent pas s'approcher assez. Celui-ci était l'unique engin possédant suffisamment de facultés de changement de vitesse pour pouvoir plonger aussi profondément dans le puits de gravité de l'étoile et en remonter.

– Mais ne peuvent-ils nous envoyer de la masse supplémentaire, par exemple à bord d'un auxiliaire sans pilote?

– Ha! Vous ne savez pas ce que c'est que de faire accoster un objet pareil, à de telles vitesses. Bien sûr, on peut toujours essayer. Nous en avons l'intention. Mais je doute que nous réussissions. Et nous ne pourrons pas faire plus d'une ou deux tentatives, vous comprenez. Notre renouveleur d'air est en miettes, irréparable avec les outils dont nous disposons à bord. Nous avons quelques jours d'oxy en réserve. Après ça, adieu la compagnie!

Wheeler se mordit la lèvre.

– Pour le moment, rien ne presse, dit Rouvaratz. Le *Shikari* – ou n'importe quel vaisseau – mettra un bon moment à arriver dans ces parages. Alors nous n'aurions rien à gagner en entamant notre spirale vers l'extérieur avant quelques heures. Avant que nous nous y engagions... ma foi, nous trouverons peut-être un meilleur moyen. Allez, mon vieux, expliquez-vous. Qu'est-ce que c'est que cette

Bon Dieu de matière-ombre dont vous parlez?

Wheeler renifla.

– Je ne vois pas comment un homme qui se dit cultivé a pu ne pas entendre parler d'un des éléments les plus fondamentaux de la physique.

– Bon Dieu, gronda Rouvaratz, je ne vois pas comment quelqu'un peut se prétendre cultivé quand il sait peau de balle du fonctionnement de l'engin dans lequel il est! (Avec un effort, il se radoucit.) Il est possible que l'idée ait été mentionnée dans un de mes cours mais sans insister, alors j'ai oublié. Nous avons eu trop à apprendre, vous et moi, dans nos différentes spécialités. D'ailleurs, la Géarchie n'encourage pas l'éducation vraiment libérale. Ça pourrait donner à penser aux gens.

Comme il fallait s'y attendre, Wheeler fut si choqué qu'il en oublia d'être vexé. Rouvaratz rit un peu amèrement.

– Ne faites pas attention, j'ai toujours été un mécontent. Continuez, professeur. Si j'ai bien compris, il y aurait un autre univers parallèle au nôtre. L'univers-ombre, comme vous l'appelez. Comment est-ce possible?

– L'idée a été avancée au... au XXe siècle, je crois, pour expliquer certaines anomalies, répondit Wheeler. (En parlant, il oublia la situation jusqu'à devenir un conférencier presque heureux.) Voyez-vous, l'élément du rayon meson K neutre présentait apparemment, a-t-on découvert, le mode de décomposition deux-pions, ce qui aurait violé le principe d'invariance CP. Ce principe est si important que plusieurs tentatives ont été faites pour échafauder une théorie qui le préserverait tout en expliquant les données. Quelqu'un y est parvenu en établissant le postulat de l'univers-ombre. En fait, l'hypothèse s'est révélée si féconde que finalement, sous une forme modifiée et plus élaborée, elle a été incorporée à la physique fondamentale. Naturellement, jusqu'à présent elle n'a servi à rien sauf à des calculs théoriques, alors je dois conclure qu'il n'est pas surprenant que vous ne connaissiez pas ce concept.

» Continuons. Vous avez un autre univers de matière et d'énergie, occupant le même espace-temps que le nôtre et qui n'est pas dissemblable. Mais il n'y a aucune interaction forte entre les particules de ces deux univers. Ainsi, nous ne pouvons détecter la matière-ombre, ni même les photons-ombres; ils n'agissent pas sur nos champs électromagnétiques ni nous sur les leurs.

» Des interactions faibles ne sont pas interdites, cependant. Cela comprend la décomposition meson K pour laquelle la théorie a été avancée. Il existe une certaine probabilité d'un K, meson produisant deux pions-ombres, qui nous devient alors indétectable. Et il est certain que la gravitation est une force faible.

« Mon œil! pensa Rouvaratz. Ce qu'elle fait à ce vaisseau... Mais non. La masse entière d'une étoile ne peut attirer à 500 KPS. Encore que ça suffirait pour nous tuer. »

Il se secoua un peu, car l'idée était vraiment étrange, et demanda :

– Comment se fait-il que nous ne puissions détecter les pions des mesons K de l'autre univers?

– Oh, nous pourrions, avec une concentration suffisante. A l'intérieur d'Acheron, par exemple. Comprenez-vous maintenant pourquoi j'étais si excité? Quand il est passé par le système solaire, j'osais déjà espérer que c'était un soleil-ombre. La possibilité était écartée par tout le monde, ce qui explique sans doute qu'elle n'ait jamais été mentionnée dans la presse. Mais quand nous avons commencé à rassembler des informations, j'ai été de plus en plus convaincu. C'est pourquoi j'ai insisté pour être celui qui vous accompagnerait. Un soleil-ombre! (Il en parlait comme Lancelot aurait pu parler du Graal, les larmes aux yeux.) Un phénomène que nous pouvons sonder, où nous pouvons même pénétrer avec un vaisseau spécialement construit. Nous pouvons tracer les gradients de densité et leurs variations temporelles, déduire les détails de réactions nucléaires, apprendre ce que les hommes se sont résignés à ne jamais savoir. Fort probablement, nos découvertes vont révolutionner toute la physique. Et il est grand temps! Ils sont devenus satisfaits et stagnants, sur Terre, ils s'imaginent qu'on sait tout et qu'il ne reste rien à ajouter que la prochaine virgule décimale. Si nous pouvions trouver une autre race sur une autre planète, comparable à nous mais avec une vision nouvelle, des connaissances et une philosophie nouvelles... Mais trop peu de gens veulent faire un pareil effort. L'étoile-ombre fera peut-être l'affaire...

« Satan sur une fusée! pensa Rouvaratz surpris. Ce vieux bougre est humain, après tout. Pour un peu, je le trouverais sympathique. »

Il en revint aux questions :

– Ce que nous observerions, ce serait en somme deux pions surgissant de nulle part? dit-il. (Wheeler approuva.) Alors pourquoi n'avons-nous jamais vu ça?

– Parce que la concentration de la matière-ombre est trop faible dans la région de Sol. Les chances sont infinitésimales. C'est tout à fait plausible, bien sûr. L'espace est surtout vide. Sans aucun doute, nous sommes quelque part parmi des galaxies, en ce qui concerne l'univers-ombre.

» La théorie a une grande valeur cosmologique. L'existence de deux complexes rend le milieu interstellaire deux fois plus dense qu'il ne le serait autrement, gravifiquement parlant. Cela aide à expliquer la distribution observée de nos propres galaxies. Mais tout de même, c'est un hasard fantastiquement heureux que nous ayons trouvé cet échantillon réel.

– Heureux? Hum, dit Rouvaratz. (Il réussit à rire.) Ma foi, on pourrait sans doute le dire. Comment est-ce arrivé, à votre avis?

– Je pense qu'Acheron s'est échappé de sa propre galaxie. La rapidité le laisse supposer.

– Des planètes?

– Pourquoi pas? Nous pouvons les trouver par leur effet gravifique, répondit Wheeler. (Il revint à la réalité immédiate.) Mais j'avoue que notre premier but doit être de nous échapper. Etes-vous tout à fait certain que notre chance d'opérer un rendez-vous avec un porteur de réaction de masse soit mince?

– Oui, grogna Rouvaratz, et son étincelle d'intérêt philosophique s'éteignit.

– Ah... mais n'y a-t-il pas une procédure moins conventionnelle? N'oubliez pas que cette situation n'est pas conventionnelle. Vous pouvez être tellement habitué à penser en termes d'astronautiquc ordinaire que...

– Taisez-vous! explosa Rouvaratz.

Il serra ses deux poings l'un contre l'autre. La rage le reprit, chassant tout le reste. Il pouvait supporter de mourir... mais pour une meilleure raison qu'un stupide défaut de communication entre des hommes de deux classes sociales différentes. Et mieux que par asphyxie, en tournant éternellement autour de ce fantôme de soleil. « Laissez-moi partir comme mon père, pensa-t-il, au combat avec une arme réelle en main pour me battre. Laissez-moi charger mon ennemi bille en tête! »

Charger!

Un juron lui échappa. Wheeler lui demanda ce qu'il voulait dire. Rouvaratz ne répondit pas, il entendit à peine la question. Ses lèvres remuaient, formulaient silencieusement des calculs, et il regardait fixement les étoiles, comme un aveugle.

Puis il abattit sa main sur la manette du maser et aboya :

– Allo, *Shikari!* C'est moi. Passez-moi le navigateur Chai et qu'il se prépare à faire de sacrés calculs!

L'attente était ce qu'il y avait de plus pénible. Le commandant Nathans devenait de plus en plus défait et gris au fur et à mesure que le temps passait. Le silence planait dans le poste de commandes, dans tout le vaisseau. Ceux qui étaient à bord se regardaient, se détournaient, déplaçaient distraitement des objets. Janice Falconet était assise contre Maura O'Casey mais un mur d'ombre s'était dressé autour d'elle, que ni les mots ni les gestes ne pouvaient pénétrer.

La sueur ruisselait sur Chai et son équipe, penchés sur leurs instruments. Aucun de leurs télescopes ne révèlerait ce qui se passait, à la distance que devait conserver le vaisseau porteur. Le radar avait perdu l'auxiliaire et ne pouvait le retrouver; de même pour le rayon de communication. Rien, à part la radiation de ses réacteurs, ne le suivait lors de sa plongée dans Acheron.

Dans : plongeait à l'intérieur du noyau du soleil, où les pressions atteignaient des millions d'atmosphères, les températures des millions de degrés, où les atomes étaient dénudés et projetés les uns contre les autres avec une telle fureur qu'ils entraient en fusion et se calcinaient. Pourtant, pour les hommes, ils étaient des fantômes, intouchables, irréels. La réalité, c'était le rugissement et le frémissement de la poussée, l'accélération monstrueuse, l'attraction d'une masse aussi grande que Sol.

On pouvait imaginer : Rouvaratz parmi les tonnerres, les yeux rivés à des instruments, les doigts traînant sur des commandes, la sueur ruisselant sur sa peau, son poids devenant un fardeau trop énorme à porter. Pourtant, il devait piloter, avec une précision quasi absolue, à travers des vecteurs mouvants qui étaient calculés pour lui... sachant constamment que les calculs étaient basés sur une poignée de données, une brassée de théories et risquaient d'être entièrement faux.

On pouvait imaginer : Wheeler dans sa couchette, frêle charpente repliée à l'intérieur d'elle-même jusqu'à ce que les os se brisent et que les battements de cœur bégaient, peut-être évanoui, peut-être mort.

On pouvait imaginer : le vaisseau crachant du feu à travers les cieux, dérivant quelques minutes sur son élan, inerte puis pêché par le soleil-ombre, jusqu'au moment de passer sur une nouvelle ligne et de bondir une fois de plus avec la force motrice.

Vers l'intérieur – vers le noyau de l'étoile – autour... puis l'ultime accélération, tout ce que les réacteurs pouvaient donner, tout ce que le pilote pouvait endurer.

Car l'énergie de la réaction de masse n'est pas seulement cinétique. Elle a un composant de potentiel, dû à sa position dans un champ gravifique donné. Si l'engin avait suivi les procédures normales et était sorti en spirale, rien n'aurait été réalisé de ce potentiel. L'énergie cinétique aurait même été dépensée simplement pour élever un peu plus la masse inépuisée.

En tombant, le vaisseau était projeté sur une voie cométaire autour du centroïde d'Acheron. Au moment où sa direction fut inversée et où il ressortit, il fit son plus grand effort; tout le reste n'avait servi qu'à le piloter sur cette orbite. Plutôt que d'être de nouveau transporté plus haut, sa réaction de masse fut laissée en arrière, près du fond du puits gravitationnel, où elle pouvait fournir l'énergie maximum.

Le principe est simple. Oberth a été le premier à le remarquer, alors que le vol spatial n'existait que dans les rêves de quelques-uns. Il est, en fait, normalement utilisé pour calculer la manœuvre de départ dans le voisinage d'une planète. Rouvaratz n'y avait pas pensé tout de suite parce que, comme tous les pilotes, il était conditionné à rester bien à l'écart du soleil. Les soleils dévorent les hommes.

Pas Acheron. Son incandescence ne pouvait toucher un homme. Mais naturellement, les calculs avaient été difficiles. Le vaisseau ne devait pas tourner autour d'un point-masse mais traverser un objet stellaire de densité variable. La loi de l'attraction n'était plus la règle familière de Newton du carré-inversé; elle avait des facteurs trigonométriques. Et trop de paramètres ne pouvaient qu'être supposés.

A bord du vaisseau porteur, sur tous les autres vaisseaux, on attendait.

– *Les voilà. Je les ai!*

La part animale de l'opérateur radar hurla les mots. Ses mains dansèrent de leur propre chef sur les boutons et les manettes. Des chiffres cascadèrent, furent analysés en quelques secondes, apprirent au navigateur Chai ce qui se passait. L'air fusa de ses poumons.

– Ils ont réussi, dit-il. Ils ont plus que la vélocité d'évasion. Beaucoup plus.

Il plongea dans les mathématiques. Quand il en émergea, il savait comment était l'orbite du vaisseau et quel auxiliaire pourrait le mieux effectuer le rendez-vous quand il serait assez dégagé. Les ordres se succédèrent à toute vitesse sur le maser.

Aucune réponse ne vint de Rouvaratz. Peut-être était-il mort. Même avec les médicaments modernes, anti-accélération, personne ne devrait avoir à subir une telle pression. Le poids avait peut-être cassé une partie de son système de communication. Quoi qu'il en soit, il fallait du temps avant que l'autre vaisseau puisse le rejoindre. De nouveau, les hommes durent attendre.

Et attendre.

Jusqu'à ce que le haut-parleur croasse :

– Rouvaratz à *Shikari*. Je crois vous avoir centrés. Vous me recevez?

– Oui, oui, oui! Comment ça va?

Nouvelle attente, pendant que les photons franchissaient l'espace et revenaient.

– Opérationnel, je crois.

– Wheeler?

– Je ne sais pas. Je viens à peine de reprendre connaissance et il n'est pas très costaud. Pas de réponse de lui. Je vais aller voir. (L'air siffla entre les dents de Rouvaratz.). Des étoiles là-bas dehors, marmonna-t-il. Salut, univers!

Maura O'Casey le laissa sortir de l'infirmerie au bout de vingt-quatre heures. C'était bon de sentir les effets de la pesanteur; le *Shikari* sortait en spirale de la présence d'Acheron à un G régulier. L'apesanteur prolongée n'était pas seulement mauvaise physiquement, en dépit de toute la pharmacopée dont on se chargeait pour se défendre, pensait Rouvaratz. C'était aussi une espèce d'insulte, pour lui en tout cas. Il voulait se servir de ses muscles.

Maintenant il en aurait l'occasion. O'Casey ne voulait pas qu'il pilote avant d'être complètement remis. Le *Shikari* adopterait une orbite raisonnable, diviserait ses sections, les relierait avec cinq kilomètres de câble fin et se lancerait dans la spirale centrifuge.

Il rit.

– Qu'est-ce qu'il y a de drôle? demanda Janice.

Elle le tenait par le bras et se serrait contre lui, tandis qu'ils marchaient dans la coursive nue et vibrante.

– Un titre. La petite étoile qui n'était pas là.

Elle frémit.

– Ne parlez pas de ça! Elle a failli vous tuer.

– Ma foi, elle a essayé mais pas assez fort. Même Wheeler devrait être sur pied d'ici une semaine ou deux. La dernière fois que je suis allé voir, il rouspétait contre le toubib. Il veut être libéré tout de suite, pour se mettre à sonder Acheron.

Janice fit une grimace douloureuse.

– Comme je voudrais que ce ne soit qu'une cendre, comme nous le supposions, pas un fantôme.

– Pour elle, c'est nous les fantômes. Plus encore. Elle a probablement des planètes et peut-être de la vie sur une ou deux. Dans cet univers-ci, nous sommes la seule vie qui existe d'ici à Sol.

– Je sais, je sais, murmura-t-elle. Je m'en souviens dans mes cauchemars.

– Alors nous...

La voix de l'interphone se répercuta dans les passages. Les échos lui donnaient une résonance métallique, pas tout à fait humaine. Mais ce n'était que celle du petit commandant Nathans.

– Avis général. Avis général. Je, euh, je pense que tout le monde sera intéressé. Une découverte a été faite que... franchement, j'ai du mal à croire. La nouvelle est arrivée de l'Engin Quatre, pilote Krishnamurti, physicien Oliveira. Vous savez que, euh, dès que le sauvetage a été effectué, tous les vaisseaux étant dans la région du soleil-ombre, nous les avons envoyés à la recherche de planètes. Eh bien, une planète a été trouvée. Elle est approximativement de la masse de la Terre, à environ une unité astronomique du primaire. Le vaisseau est maintenant en orbite de surface autour d'elle et, euh, certains tests que le Dr Wheeler a suggérés sont en préparation. Terminé.

Rouvaratz se figea puis soudain sa main claqua sa cuisse avec un bruit de détonation.

– Qu'est-ce que vous dites de ça! cria-t-il.

– Oui, oui, dit Janice entre ses dents. Mais...

Il la saisit par les épaules avec une force brutale.

– Vous ne comprenez pas? Une planète de type Terre autour d'une étoile de type Sol. C'est presque forcé qu'il y ait de la vie!

– Des spectres, dit-elle d'une voix blanche. Nous ne le saurons jamais. Encore une chose qui nous empêchera de dormir.

– Mais nous le découvrirons peut-être! J'ai réfléchi. Et Wheeler et moi avons causé, en attendant d'être repêchés. Si Acheron a échappé à sa propre galaxie, eh bien, il doit y avoir un sacré bout de temps. On ne traverse pas du jour au lendemain un million et quelques années-lumière. Alors la planète doit être vieille. Plus vieille que la Terre. L'intelligence a eu le temps de se développer et... de nous dépasser... Vous ne comprenez pas?

Révoltée, elle rougit de colère.

– Non, pas du tout. Oui, vous pouvez avoir raison, mais comment le saurons-nous jamais?

– Les mesons. Toutes les centrales nucléaires importantes qu'ils ont doivent émettre tellement de mesons K que nous pouvons détecter les pions qui se forment dans notre propre univers. Si nous y arrivons, nous pouvons installer notre propre générateur de rayons. Nous nous plaçons sur la même orbite, juste dans le centre planétaire. Nous tirons notre rayon si vite que nous bénéficions de la contraction du temps relatif et il ne se décompose pas trop avant d'atteindre la surface. En un point où nous savons qu'il y a une centrale. Quelqu'un devrait être sur place pour nous détecter et nous répondre...

– Si, si, si! s'exclama-t-elle, au bord des larmes. Allez-y, essayez donc. Vous n'obtiendrez pas de réponse de vos fichus fantômes!

Ils en obtinrent.

Dix hommes et dix femmes emplissaient la salle commune du *Shikari*. Les artistes de l'équipage avaient tenté d'égayer l'endroit avec des fresques, mais les paysages nostalgiques ne faisaient qu'en souligner la froideur. Le bruit des respirations, des conversations à mi-voix, des pieds traînés et des râclements de chaises, comme l'éternel bourdonnement du vaisseau, se perdaient dans un silence immortel.

Le commandant Nathans se leva et leur fit face. Il avait conduit ce vaisseau à travers la désolation et il pouvait encore le ramener à bon port. Mais les années l'avaient rongé, au point qu'il ne pouvait plus commander ses gens contre leur volonté. Petit, voûté, un peu tremblant, il déclara :

– Vous, euh, vous savez pourquoi nous sommes réunis. Mais je crois qu'il vaut mieux, euh, résumer la question. Autrement, eh bien, nous pourrions perdre un temps précieux en vaines discussions. Il y a de la vie sur la Terre-Ombre. Une vie intelligente, avec une technologie au moins égale à la nôtre et probablement supérieure. Nous savons cela parce que notre émission de meson-pion a provoqué une réponse très rapide, une suite d'émissions correspondantes braquées directement sur le centre de la planète où se trouvait le vaisseau. Cela prouve une compréhension instantanée de, euh, de ce qui se passait. Cela prouve aussi la faculté d'envoyer un rayon de particules tout droit à travers leur monde. Qu'ils aient un tunnel, ou un quelconque effet d'induction, ou quoi que ce soit, c'est une chose que l'homme ne peut pas faire. Et ils doivent être très désireux de communiquer.

– Je l'espère bien! rugit Rouvaratz. Judas! Durant toute leur histoire, ils ont vécu dans ce qu'ils perçoivent comme l'espace intergalactique. Pas une autre étoile en vue, rien que quelques traces en spirale. Je parie qu'il leur a fallu un million d'années pour passer de l'agriculture à la science. Ils savent qu'ils sont passés près d'un soleil qu'ils ne pouvaient pas détecter ni voir, et c'est tout ce qu'ils savent. Ces pauvres bougres solitaires!

– Je vous en prie, dit douloureusement Nathans. Ces choses-là ont été dites et redites bien souvent pendant ces derniers quarts. Ceci est une réunion d'affaires.

– Mais bon Dieu, c'est une affaire émotionnelle! Il faut décider de ce qu'on va faire!

Janice tira Rouvaratz par la manche; il grommela et se calma.

– Le problème est le suivant, dit Nathans. Les pions offrent un moyen de communication. Nous pouvons passer d'un code de pulsations à... théoriquement n'importe quoi. Avec le temps, nous pouvons même échanger des images, par exemple en spécifiant des points sur un diagramme. Mais cela exigera beaucoup de temps et d'efforts. Nous devrons construire une installation beaucoup plus complexe que, euh, tout ce qu'un vaisseau peut transporter. En fait, nous devrons poster le *Shikari* à l'intérieur de la Terre-Ombre et y installer notre centre de recherche. Et puis nous devons entamer le lent processus de création d'un langage mutuel. Le projet demandera des années rien que pour la mise en train. Des siècles ne l'épuiseront pas, j'en suis sûr. Mais vous vous êtes engagés pour un séjour d'un an. Euh... selon les clauses de l'expédition, exception faite des cas d'urgence, une majorité des deux tiers est nécessaire pour modifier ces articles. Ensuite, la minorité sera liée par le vote majoritaire. Bref, nous devons voter pour savoir si nous restons ou si nous rentrons. Vous avez la parole.

Des mains se levèrent aussitôt.

– Docteur Wheeler? demanda Nathans.

L'astrophysicien se leva, tout flamboyant de zèle.

– Tout le monde connaît mes souhaits. Un an – non, moins – ne suffit guère pour commencer à étudier Acheron. J'y consacrerais de grand cœur le reste de ma vie. Mais naturellement vous n'êtes pas tous de mes collègues. Alors je voudrais vous rappeler ce que peut signifier la Terre-Ombre. Un monde entier – géologie, météorologie, océanographie, chimie, biologie – une civilisation entière, avec sa longue expérience, ses arts et ses philosophies, oui, ses sciences aussi. Il est concevable, fantastique certes mais possible, qu'ils nous offrent une méthode pour voyager plus vite que la lumière. Ainsi la galaxie tout entière s'ouvrirait à l'humanité. Mais sans parler d'un tel résultat, les informations que nous allons transmettre à la Terre dépasseront tout ce qu'elle a imaginé. Nous devons rester. C'est notre devoir.

– Chef Montelius! Je suppose que vous êtes dans l'opposition?

– Certainement, répondit l'ingénieur-chef. J'ai une famille. Si la Terre veut en savoir plus sur l'univers-ombre, elle peut envoyer une autre expédition, avec des équipages volontaires. Moi, je resterai chez moi.

Janice retint une acclamation.

– Euh... Non, non, docteur Wheeler, je vous en prie, attendez votre tour... Docteur Settle?

– Je ne suis pas sûr que la Terre enverrait un autre vaisseau, dit le responsable de la dynamique de plasma. Je vais parler franchement, en espérant que mes réflexions ne seront pas répétées à notre retour. La décision reviendrait au Géarque. Et il y réfléchira probablement à deux fois. Une révolution scientifique et philosophique provoquerait une révolution sociale. Il n'a pas besoin de refuser carrément. Il déclarerait sans doute que, puisque après tout Acheron s'éloigne, la chose est impossible.

Rouvaratz bondit.

– C'est vrai! cria-t-il.

– Vous n'avez pas la parole, protesta Nathans.

– Pardon, mais écoutez-moi. (Grand, fort, Rouvaratz dominait l'assemblée, mi-furieux, mi-suppliant.) Quand donc un gouvernement qui devait tirer sur son propre peuple a-t-il voulu réellement du nouveau? C'était très bien de donner des jouets aux savants. Une expédition vers quelqu'astre mort et inutile faisait leur bonheur et les écartait aussi des affaires humaincs où ils auraient pu s'intéresser à certains problèmes, à la liberté par exemple. Mais ça? Non! Je connais ça, je vous dis!

» Si nous restons et si nous transmettons ce que nous apprenons, ils n'auront d'autre choix que d'envoyer un autre vaisseau avec davantage de matériel. La Géarchie dépend de la classe des techniciens pour faire marcher le monde. Une fois que ces gars-là seront intéressés – et quand nous commencerons à envoyer de réelles informations, ils le seront – le gouvernement devra céder en espérant que tout ira bien. Ensuite vous pourrez rentrer chez vous, si vous voulez.

– Nous nous éloignons à chaque seconde, gémit

Janice. Le nouveau vaisseau devra être construit, arriver jusqu'ici, ça prendra... combien d'années?

Ce fut un tollé. Tout le monde était debout, criait dans l'oreille de son voisin. Nathans parla et personne ne l'entendit. Rouvaratz courut vers le devant de la salle. Il emplit ses poumons et rugit dans le vacarme :

– *Silence!* Taisez-vous ou je commence à frapper!

– Essayez donc! gronda Montelius, écarlate.

Rouvaratz le regarda, du haut de sa grande taille et de sa jeunesse, avant de dire avec une douceur qui trancha dans le tumulte apaisé :

– Vous êtes mon ami, Conrad, et je ne voudrais pas être brutal avec vous. Mais j'en suis capable et vous le savez.

– Karl, implora Janice.

La supplication parvint à ses oreilles mais pas à son cerveau. Il leur hurla encore de se taire puis il canalisa toute sa vitalité dans ses paroles et sa présence.

– Ecoutez. Certains d'entre vous veulent partir. Retourner vers les vertes collines de la Terre. Quelles vertes collines? Si vous étiez riches, vous pourriez trouver un kilomètre carré ici ou là encore dégagé de quelque clapier humain puant. Si vous y consentez, comme l'Etat vous le dit, vous pouvez vivre gentiment et en paix, comme un bœuf dans une étable. Mais je ne crois pas que ce soit votre genre. Sinon vous ne seriez pas là. La vie ne sera pas désagréable ici. Nous avons de la place à bord. Si nous démontons les unités motrices, nous en aurons deux fois plus. Ceux qui le veulent peuvent tout redécorer. Bon Dieu, les moines de l'ancien temps ne se contentaient-ils pas de moins? Et nous ne risquons pas non plus de nous ennuyer. Ces types, sur la Terre-Ombre, sont intelligents. Je vous parie des plutons googolplex qu'ils trouveront un moyen d'établir la communication avec nous en un an ou deux. Quand nous commencerons à apprendre ce qu'ils savent, eh bien, nous construirons des appareils et nous procéderons à des expériences jusqu'à plus soif. D'accord, le vaisseau numéro deux n'arrivera pas de sitôt. Mais nous ne serons pas vieux quand il arrivera. Moi, j'aimerais aussi rester après. A moins que nous ayons un vaisseau de type Terre-Ombre qui nous transporterait tout autour de la galaxie. Avons-nous le droit de refuser une chance pareille à notre race? Ou les millions d'autres chances qui s'offriront certainement? Mais là n'est pas la question. Je n'ai rien d'un fichu altruiste. Je dis simplement que nous pouvons nous amuser ici, plus qu'aucun homme ou aucune femme ne s'est amusé depuis que Christophe Colomb a appareillé. Qu'est-ce que vous en dites?

Il y a un mystère et une magie dans la force. Appelez-la psychologie de masse, appelez-la charisme, appellez-la *mana;* il suffit de coller un nom sur ce qu'on ne comprend pas. Nathans avait apporté la sienne à cet équipage et à ceux qu'il avait commandés auparavant. Wheeler n'en avait jamais eu. Mais dans la confrontation actuelle, Karl Rouvaratz était physiquement le plus fort à bord. Cela n'aurait pas dû avoir d'importance; un combat était hors de question. Cependant, un peu comme dans la jungle, cela comptait. Et il était plus fort encore psychologiquement, car il savait exactement ce qu'il voulait.

Il convainquit pas mal d'entre eux qu'ils le voulaient aussi.

Quand ils furent seuls dans la cabine de Rouvaratz, Janice le considéra longuement. Elle ne pleurait pas. Elle était arrivée au delà du désespoir.

– Je suppose que je devrais présenter des excuses, dit-il avec gêne. A vous, au moins.

– Inutile.

Sa voix parut creuse dans le murmure mécanique qui les entourait.

– Je sais que vous préféreriez rentrer chez vous et avoir des enfants et...

– Mais pas vous, dit-elle en essayant de sourire. Alors je ferais mieux de changer d'avis. (Après un silence, elle poursuivit :) Mais je ne puis m'empêcher de m'interroger. Pourquoi voulez-vous rester... ici, enfermé dans du métal pour le restant de vos jours, entouré d'étoiles inaccessibles? Vous n'êtes pas un scientifique. Vous ne pourrez pas parler à la Terre-Ombre.

– Un jour, si. Avec mon homologue, un pilote spatial de leur univers.

– Ah oui, vous caressez le rêve don-quichottiste d'une campagne galactique. Mais l'espoir est si infime. Vous devez bien le reconnaître, vous n'êtes pas idiot. Quant à tout le reste, la science, l'ingénierie, les nouveaux concepts, s'ils ne nous sont pas trop étrangers... même les changements qui pourraient se produire sur la Terre... ce sont des espèces de buts religieux et vous n'êtes pas un homme très dévot. Pourquoi, Karl? Une vengeance?

– Je ne crois pas.

Il s'assit sur la couchette à côté d'elle.

– Quoi, alors?

– Quelque chose que j'ai à cette minute, là dans ma main...

Il se détourna d'elle et son regard se fixa sur la paroi, sur des visions d'au-delà, l'étoile polaire, Andromède, tout le cosmos-frère.

– La liberté, dit-il. Je suis maintenant un homme libre.

DÉCALAGE HORAIRE

522 ANNO COLONIAE CONDITAE

Elva était sur le chemin du retour, en vue de chez elle, quand le raid la surprit.

Pendant dix-neuf journées de trente heures, elle avait été absente... chevauchant dans de hautes futaies où le soleil filtrait à peine entre les feuilles, le long des crêtes, où l'herbe et les premières lampefleurs rouges se couchaient sous la brise du printemps, dormant la nuit à la belle étoile ou sous le toit primitif de quelque habitant des bois, une fois même dans un nid d'Alfavalas, où les petites créatures sauvages pépiaient dans le noir en posant sur elle leurs yeux phosphorescents. Elle était partie à contrecœur. Son jeune époux, son fils d'un an, le lac, les champs, la fumée des cheminées au crépuscule, tout ce qui lui appartenait aussi maintenant, elle était encore trop émerveillée de tout cela pour le quitter.

Mais le Suzerain de Tervola avait autant de devoirs que de droits. Une fois par saison, lui-même ou son représentant devait effectuer le circuit. Dans les montagnes, par les forêts et les vallées, à travers la Laclande jusqu'au Troll pour revenir vers le sud en longeant la rivière Fuméevive, la route était celle qu'avaient suivie les aïeux de Karlavi pendant près de deux siècles. Que ce soit à hailu au printemps, en été, dans l'or et le cramoisi de l'automne, ou en traîneau à moteur quand la neige recouvrait toutes les pistes, le Suzerain parcourait ses terres. Les clans de fermiers isolés, les forestiers en service, les chasseurs, les trappeurs, les bûcherons s'adressaient à lui en tant que magistrat pour régler leurs querelles, venaient lui confier leurs ennuis. Même les Alfavalas volages avaient appris à attendre au bord des sentiers : les malades et les blessés étaient certains qu'il les guérirait et ceux qu'accablaient des problèmes plus complexes s'efforçaient de s'exprimer en mots humains.

Cette année, cependant, Karlavi et ses baillis étaient trop préoccupés par un nouveau barrage sur l'Oulu. L'ancien avait été emporté au printemps précédent, après un hiver de chutes de neige exceptionnelles, et deux mille hectares de terres basses avaient été inondées. Les ingénieurs de Yuvaskula, la seule ville sur Vaynamo, avaient mis au point un nouveau procédé de construction mieux adapté à de telles situations. Karlavi voulait l'essayer.

– Mais je vais avoir besoin de tous les hommes habiles, y compris moi, dit-il. Le travail doit être terminé avant que la terre sèche, pour que le ferroplastique se soude au sol. Et tu connais la pénurie de main-d'œuvre par ici.

– Qui effectuera le circuit, alors? demanda Elva.

– Je voudrais bien le savoir!

Karlavi passa une main dans ses cheveux châtains et raides. C'était un Vaynamois typique, grand, au teint clair, avec de hautes pommettes et des yeux bleus obliques. Il portait la tenue de travail habituelle du district de Tervola, une culotte de cuir, des mukluks, un manteau taillé dans le tartan familial. Son aspect n'avait rien de romantique. Pourtant, le cœur d'Elva battait chaque fois qu'il la regardait, même après deux ans.

Il prit sa pipe et la bourra nerveusement.

– Quelqu'un doit y aller, reprit-il. Quelqu'un qui possède assez de connaissances techniques pour se servir d'une trousse médicale et pour discuter intelligemment des difficultés du peuple. Et qui a de l'autorité. Nous avons l'esprit plus traditionnel ici qu'à Ruuyalka, ma chérie. Nos gens n'accepteraient pas le jugement de n'importe qui. Comment un serviteur ou un tenancier oserait-il régler une querelle entre deux pionniers? Il faut que ce soit moi, ou un bailli, ou...

Il laissa la phrase en suspens mais Elva comprit.

– Non! s'exclama-t-elle. Je ne peux pas! Enfin... ce serait...

– Tu es ma femme, déclara Karlavi. Cela seul t'en donne le droit, selon la coutume bien établie, d'autant plus que tu es la fille du Magnat de Ruuyalka. Ton prestige égale presque le mien, même si tu viens de l'autre extrémité du continent, où les gens sont plus pêcheurs et aquaculteurs que forestiers. Je crois que tu n'as pas encore appris quels horribles snobs sont les francs-tenanciers de Tervola, ajouta-t-il en riant.

– Mais Hauki... je ne peux pas le laisser!

– Hauki sera gâté-pourri en ton absence, par une nounou qui l'adore et par toutes les femmes du village. A part ça, il se portera très bien, répliqua Karlavi, écartant d'un geste nonchalant le souci de leur fils. C'est moi qui vais me sentir seul et m'ennuyer! Terriblement.

– Mon amour, murmura Elva, complètement subjuguée.

Quelques jours plus tard, elle partit.

Et ce fut une aventure mémorable. Le lent balancement du hailu à six pattes, les longues heures de loisirs, kilomètre après kilomètre – où le corps, l'esprit, les muscles, le sang, tous les anciens instincts devenaient plus vifs que jamais – le silence des montagnes portant sur leurs épaules des glaces ensoleillées, les chants des oiseaux dans la forêt et le murmure des ruisseaux, la chaude hospitalité des pionniers, l'accueil surnaturel dans le nid des Alfas... Elle fut heureuse de connaître tout cela et espéra le retrouver encore, souvent.

Aucun danger ne la menaça. Le dernier affrontement violent entre humains sur Vaynamo (à part quelques bagarres sans gravité, occasionnées surtout par la simple exubérance) datait d'au moins un siècle. Quant aux orages, glissements de terrain, inondations, bêtes sauvages, elle en était préservée par les attentions discrètes de Huiva et d'une dizaine d'autres Alfavalas « domestiques ». Même ceux-là, au nombre de l'élite intellectuelle de leur espèce qui avait choisi de servir l'homme comme des chiens plutôt que de rester dans les forêts, ne pouvaient que prononcer quelques mots et manier les outils les plus simples. Mais leurs longues oreilles, leurs narines plates, leurs antennes plumeuses, le duvet vert recouvrant leur petit corps étaient sans cesse frémissants. C'était leur planète, ils y avaient évolué.

Ils étaient davantage des animaux que des êtres doués de raison. Leurs sens et leurs réflexes la protégeaient mieux que n'aurait pu le faire un avion blindé.

Malgré tout, l'absence de Karlavi et de Hauki lui pesait de plus en plus chaque jour. Quand elle arriva enfin à la lisière des terres défrichées, au sommet des pentes du mont Hornback, et qu'elle vit Tervola à ses pieds, des larmes brûlantes lui brouillèrent un instant la vue.

Huiva guida son hailu vers elle. Il désigna le bas de la montagne avec sa queue.

– Maison, caqueta-t-il. Manger ce soir. Bon lit.

– Oui..

Elva cligna rapidement des paupières. « Quelle idiote pleurnicharde, pensa-t-elle avec un peu de colère. Je suis la fille du Magnat et la femme du Suzerain, je suis diplômée de l'université et médaillée de tir au pistolet; enfant, je naviguais dans des cyclones et faisais de la plongée dans des grottes sous-marines où rôdaient les poissons-éventails; femme, j'ai mis au monde un fils... je ne pleurerai pas! »

– Oui, dit-elle. Pressons-nous.

Elle talonna les flancs du hailu et descendit la pente au galop. Ses longs cheveux blonds étaient tressés, mais une mèche qui s'était échappée flottait derrière elle. Les sabots résonnaient sur le rocher. Devant elle s'étendaient des champs de céréales et des pâturages, encore mouillés de l'hiver mais d'un vert brillant tournant aux teintes de l'été, la grande nappe métallique du lac Rovaniemi et la vallée, vers l'horizon opposé, où le Grand Mikkela se dressait dans un ciel aussi haut et aussi bleu que lui. Au bord du lac se nichait le village, les chers toits de tuiles rouges, la courbe d'une fabrique, une route bordée d'arbres menant au manoir du Suzerain. Là-bas, les vieilles poutres taillées à la main brillaient au soleil; les nombreuses fenêtres reflétaient vers elle la lumière éblouissante.

Elle était à mi-hauteur de la pente quand Huiva poussa un cri. Elle avait appris à réagir rapidement. Dispersés sur tout Vaynamo, les hommes isolés risquaient facilement de mourir d'accidents imprévus. Tirant sur ses rênes, elle arracha le pistolet de sa ceinture.

– Qu'y a-t-il?

Huiva s'était recroquevillé, tout tremblant sur sa monture. Une main indiquait le ciel.

Elva ne comprit pas tout de suite. Un aéronef descendait au-dessus du lac... Qu'y avait-il là de si bizarre? Comment Huiva pensait-il que les habitants de villages distants de centaines de kilomètres se rendaient visite? Et puis la forme la surprit. Et, se rendant compte de la distance, elle devina la taille de l'engin.

Il descendait rapidement, cigare luisant et silencieux dans le scintillement des champs moutonnants. Elva rengaina son pistolet et prit ses jumelles. Elle put alors voir que l'unité du fuselage était rompue par des tourelles et des capots de chaloupes, des sas de chargement, des hublots. Un emblème figurait sur la proue blindée, une main couverte d'un gantelet tenant une sphère planétaire. Un blason dont elle n'avait jamais entendu parler. Mais...

Son cœur battait si fort qu'elle n'entendait presque pas les couinements de terreur de l'Alfavala.

– Un vaisseau spatial, souffla-t-elle. Un vaisseau spatial, connais-tu ce mot-là? Comme les vaisseaux avec lesquels mes ancêtres sont venus, il y a longtemps... Ah, tais-toi, Huiva! Ce n'est qu'un gros avion. Viens donc!

Elle remit son hailu au galop. Le premier vaisseau spatial à arriver à Vaynamo depuis... combien de temps? Plus de cent ans! Et il allait se poser là! dans son cher Tervola!

Le vaisseau atterrit juste au delà du village. Sa masse énorme s'enfonça dans la terre labourée. Des sabords s'ouvrirent et des vaisseaux auxiliaires en jaillirent, pour planer et survoler les alentours. Ils étaient d'une curieuse forme, plus gros et plus trapus que les voleteurs construits sur Vaynamo. Les villageois courant vers la merveille s'arrêtèrent et reculèrent quand d'autres sabords s'ouvrirent, des rampes s'abattirent et des véhicules blindés roulèrent au sol.

Elva n'avait pas atteint le village quand les inconnus ouvrirent le feu.

Il n'y avait pas de vaisseaux hostiles, pas même une forteresse orbitale. Pour le départ, les sept engins de Chertkoi s'étaient simplement rejoints au delà de l'atmosphère, avaient tenu une brève conférence joyeuse par radio et accéléré vers l'extérieur. Le capitaine Bors Golyev, commandant la flottille, se tenait sur la passerelle de l'*Askol* et observait les autres. La lumière du soleil jaune brillait sur leurs flancs. Derrière eux, c'était l'obscurité opaque et les innombrables étoiles.

Son regard erra parmi les constellations que la parallaxe de quinze années-lumière n'avait guère modifiées. La galaxie était si vaste, pensa-t-il, si inimaginablement immense... Sedes Regis était un L tracé à travers le ciel. La tradition voulait que le vieux Sol fût dans cette direction, à un millier de parsecs. Mais personne à Chertkoi n'en était plus certain. Golyev haussa les épaules. Qui s'en souciait?

– Champ gravifique propice à poussée agorique, commandant, entonna le pilote.

Golyev regarda l'écran arrière. La planète appelée Vaynamo avait rapetissé mais restait un vif bouclier, barré de nuages et blasonné de continents, dominé par une fraîche harmonie de bleu-vert. Il songea à l'ocre de Chertkoi, aux autres planètes de son système qui n'étaient même pas habitables. Vaynamo était de la plus belle couleur qu'il ait jamais vue. Les deux petites lunes étaient visibles aussi, comme des gouttes d'or liquide.

Automatiquement, l'œil de l'astronaute vérifia les

instruments. Vaynamo était-elle vraiment assez loin pour que les vaisseaux puissent passer sans danger à l'agorique? Pas tout à fait, se dit-il... non, un instant, il oubliait que la planète avait cinq pour cent de plus de diamètre que Chertkoi.

– Très bien, dit-il, et il donna les ordres nécessaires à son second.

Un bourdonnement grave emplit l'air, le métal, les os. Il y eut une brève sensation de chute, alors que l'agoratron se mettait en marche. Puis les étoiles se mirent à changer de couleur et à ramper étrangement à travers le champ visuel.

– Tout va bien, commandant, annonça le pilote.

L'ingénieur-chef le confirma par l'interphone.

– Très bien, répéta Golyev. (Il s'étira en bâillant.) Je suis fatigué! C'était une sacrée petite bataille dans ce dernier village, et je n'ai pas dormi depuis. Je serai dans ma cabine. Appelez-moi si quelque chose ne va pas.

– Bien, commandant! dit le pilote en réprimant un sourire entendu.

Golyev suivit la coursive; ses talons claquaient sur le métal dans la pseudo gravité intérieure. Il croisa deux hommes de la Corporation Interplanétaire qui n'étaient pas tenus par le protocole. Ils étaient tous des astronautes et des combattants endurcis. S'il leur plaisait de porter des uniformes négligés, de traîner quand ils n'étaient pas de service en échangeant des plaisanteries ou en buvant une bouteille, de traiter leurs officiers comme des copains plutôt que des tyrans, tant mieux. Ce n'était pas la Corporation des Transports de Surface collet monté ni le Trust de Synthèse Chimique service-service, mais l'IP, exploratrice et conquérante. Le vaisseau était bien entretenu et les canons toujours prêts. Que pouvait-on demander de mieux?

Pravoyats, l'ordonnance du commandant, se

tenait à la porte de la cabine, arborant un œil poché et une joue égratignée. Une de ses mains était posée sur son pistolet.

– Des ennuis? demanda Golyev.

– Ce n'est pas le mot juste, commandant.

– Tu ne lui as pas fait de mal, j'espère? demanda vivement Golyev.

– Non, commandant. J'ai bien compris vos ordres. Ne jamais mettre la main sur elle dans la colère. Mais elle ne s'en est pas privée, elle. Finalement, j'ai dû la maîtriser et lui administrer une bouffée de gaz soporifique. Autrement, elle aurait démoli la cabine. Probable qu'elle soit réveillée, maintenant, mais j'aime autant ne pas y aller voir.

Golyev éclata de rire. C'était un homme grand et fort qui dominait Pravoyats, lequel n'avait rien d'un nain. A part ça, c'était un Chertkoien normal de la classe des patrons, puissamment charpenté, avec des jambes relativement courtes et une démarche arrogante, un visage sombre et barbu au nez camus, portant plus que sa part de vieilles cicatrices. Il était vêtu d'une simple tunique verte, d'un pantalon glissé dans des bottes molles, le pistolet à la hanche, l'unique insigne de son rang étant l'étoile écarlate à sa gorge.

– Je m'occupe de tout ça, maintenant, dit-il.

Malgré ses blessures, l'ordonnance parut un peu envieux.

– Bien, commandant. Euh, vous voulez l'aiguillon? C'est moi qui vous le dis, elle n'est pas commode, celle-là.

– Non.

– Les électro-chocs ne laissent pas de traces, commandant.

– Je sais. Mais va, Pravoyats, va.

Golyev ouvrit la porte, entra et la referma.

La fille était assise sur la couchette. Elle se leva

en étouffant un cri. Une beauté, sans aucun doute. La plupart des Vaynamoises étaient jolies mais celle-là était belle, grande et mince, avec un visage délicat et un nez droit poudré de taches de rousseur. Elle avait la bouche grande et volontaire, la peau bronzée et elle portait une tenue d'équitation pittoresque. Le plus excitant, c'était son exotisme : des cheveux dorés, des yeux bleus obliques, qui avait jamais vu cela?

Les séquelles tranquillisantes du gaz – ou la simple fatigue nerveuse – l'empêchèrent de se jeter sur lui. Elle recula contre le mur en frissonnant. Sa détresse toucha un peu Golyev. Il avait vu le malheur ailleurs, sur Imfan et Novagal, sur Chertkoi même, et n'en avait jamais été trop affecté; les peuples trop faibles pour se défendre devaient s'attendre à être vaincus. Mais c'était différent quand une personne aussi ravissante était si affligée.

Il passa derrière son bureau, en face d'elle, lui fit un petit salut et lui sourit.

– Comment vous appelez-vous, mon enfant?

Elle poussa un soupir frémissant. Après plusieurs tentatives, elle parvint à parler.

– Je ne pensais pas... je n'aurais pas cru que d'autres comprennent ma langue.

– Quelques-uns d'entre nous, oui. L'hypnopédie, vous savez.

Manifestement, elle ne savait pas. Il pensa qu'une brève explication la calmerait.

– Une invention, faite il y a quelques décennies sur notre planète. Supposez qu'un certain individu et moi n'ayons pas de langage commun. On nous administre un produit pour stimuler notre système nerveux, et ensuite un appareil fait passer des images sur un écran, analyse les sons émis par l'autre personne, les transfère et les imprime, électroniquement, sur le centre de la parole de mon cerveau. A mesure que le vocabulaire s'accroît, l'ordinateur de l'appareil détecte la structure de toute la langue, la sémantique, la grammaire, et m'instruit en conséquence. Ainsi de brèves séances quotidiennes me permettent de parler couramment.

Elle passa sur ses lèvres un bout de langue qui paraissait aussi desséché qu'elle.

– J'ai entendu parler une fois... d'expériences à l'université, murmura-t-elle. Elles ne sont jamais allées loin, faute de motivations : il n'y a qu'une seule langue sur Vaynamo.

– A Chertkoi aussi. Mais nous avons déjà soumis deux autres planètes et l'une d'elles est divisée en centaines de groupes linguistiques. Nous espérons qu'il y en aura d'autres.

Golyev ouvrit un tiroir et y prit une bouteille et deux verres.

– Un peu de cognac? proposa-t-il. (Il les servit.) Je suis Bors Golyev, un des directeurs astronautiques de la Corporation Interplanétaire, commandant cette unité de reconnaissance. Qui êtes-vous?

Elle ne répondit pas. Il lui tendit un verre.

– Allons, je ne suis pas un si mauvais bougre. Tenez, buvez. A nos meilleures relations.

D'un mouvement convulsif, elle lui fit tomber le verre de la main. Il rebondit par terre.

– Tout-puissant Créateur! Non! cria-t-elle. Vous avez assassiné mon mari!

Elle chancela vers un fauteuil, s'y laissa tomber, posa sa tête au creux de ses bras sur le bureau et se mit à pleurer. Le cognac répandu glissa vers elle sur le tapis.

Golyev gémit à part lui. Pourquoi est-ce qu'il écopait toujours de ces cas-là? Glebs Narov, lui, avait mis la main sur la plus joyeuse des filles basanées qu'on pouvait imaginer, quand ils avaient conquis Marsya, sur Imfan. Elle était enchantée d'être délivrée de sa sinistre civilisation...

Bien sûr, il pourrait renvoyer cette créature parmi les autres prisonniers. Mais il ne le voulait pas. Il s'assit en face d'elle, alluma un cigare et leva son verre à la lumière. Des rubis y scintillaient.

– Je suis navré, dit-il. Comment pouvais-je le savoir? Ce qui est fait est fait. Il n'y aurait pas eu tant de pertes s'ils avaient été raisonnables et avaient capitulé. Nous en avons abattu quelques-uns pour montrer que nous étions sérieux mais ensuite nous avons fait appel aux autres par haut-parleur, pour qu'ils se rendent. Ils ont refusé. D'ailleurs, vous montiez un animal à six pattes dans les champs, à ce qu'on m'a dit. Vous vous êtes précipitée au cœur de la bataille. Pourquoi n'avez-vous pas galopé dans la direction opposée, pour vous cacher jusqu'à notre départ?

– Mon mari était là, répondit-elle après un silence. (Quand elle releva la tête, il vit qu'elle était devenue froide et fermée.) Et notre enfant.

– Ah? Euh... nous avons peut-être pris le petit, au moins. Si vous voulez aller voir...

– Non, dit-elle d'une voix morne mais non sans quelque fierté. J'ai sauvé Hauki. J'ai couru au manoir et je l'ai pris. Et puis un de vos canons à feu a touché le toit et la maison a commencé à flamber. J'ai demandé à Huiva de prendre le bébé, de l'emmener n'importe où. Je lui ai dit que je les suivrai si je pouvais. Mais dehors Karlavi se battait. Je suis retournée à la barricade. Il venait à peine d'être tué. Il avait la figure en sang. Et puis vos véhicules ont enfoncé la barricade et quelqu'un m'a saisie. Mais vous n'avez pas Hauki! Ni Karlavi!

Comme épuisée par cet effort, elle se laissa retomber dans le fauteuil et fixa un coin de la pièce, le regard vide.

– Ma foi, dit Golyev assez mal à l'aise, votre

peuple avait été averti. (Elle ne parut pas l'entendre.) Vous n'avez pas reçu le message? Mais il a été télédiffusé dans toute votre planète. Après notre premier atterrissage non secret. Il y a plusieurs jours. Etiez-vous dans la forêt, ou quoi? Oui, nous avons opéré une reconnaissance télescopique, nous avons effectué des atterrissages clandestins et saisi quelques habitants pour les interroger. Mais quand nous avons compris la situation, plus ou moins, nous nous sommes posés ouvertement à, euh, dans votre ville, Yuvaskula, c'est bien ça? Nous nous en sommes emparés sans trop de dégâts, nous avons capturé des officiels du gouvernement planétaire, pris possession de la planète au nom de l'IP et demandé à tous les citoyens de collaborer. Mais ils ont refusé! Une seule embuscade nous a même coûté cinquante hommes! Que pouvions-nous faire? Nous devions leur donner une leçon. Nous avons annoncé que nous punirions quelques villages au hasard. C'est plus humain que de larguer des missiles au cobalt, n'est-ce pas? Mais je suppose que votre population ne nous a pas crus, à voir comment les gens se sont précipités quand nous avons atterri. Ils ont d'abord essayé de parlementer et puis ils ont tenté de nous résister avec des fusils de chasse! Que pouvait-il arriver?

Sa voix semblait tomber dans un puits sans fond et sans écho.

Il desserra son col, qui lui paraissait un rien trop serré, tira longuement sur son cigare et remplit son verre.

– Naturellement, je ne puis espérer que vous compreniez immédiatement notre point de vue, dit-il raisonnablement. Vous avez trottiné, isolés, pendant des siècles, n'est-ce pas? Pratiquement aucun vaisseau spatial n'a touché votre planète depuis qu'elle a été colonisée. Vous n'en possédez pas, à part deux ou trois embarcations interplanétaires qui ne servent jamais. C'est ce que votre président m'a dit et je le crois. Pourquoi quitteriez-vous votre système? Vous avez tout ce qu'il vous faut, sur votre propre monde. Le soleil le plus proche du vôtre ayant une planète à atmosphère d'oxygène est à trois parsecs. Même avec un agoratron à très forte puissance, il vous faudrait dix ans pour y arriver, et autant pour revenir. Toute une génération! Bien sûr, l'effet de contraction temporelle vous maintiendrait jeunes – à bord, la durée du voyage ne serait que de quelques semaines ou même moins – mais à votre retour tous vos amis seraient d'âge mûr, ou vieux. Croyez-moi, un astronaute est bien solitaire. (Il but. Une agréable chaleur descendit dans sa gorge.) Pas étonnant si les hommes se déploient si lentement dans l'espace, si chaque colonie est si isolée, reprit-il. Chertkoi est un simple nom dans vos archives. Et pourtant, ce n'est qu'à quinze années-lumière de Vaynamo. Par une nuit claire, vous pouvez voir notre soleil. Un soleil rougeâtre. Vous l'appelez Gamma Navarchi. Quinze petites années-lumière et pourtant il n'y a eu aucun contact entre nos deux planètes depuis au moins quatre siècles!

» Alors, pourquoi maintenant? Eh bien, c'est une longue histoire. Disons que Chertkoi n'est pas un monde aussi aimable que Vaynamo. Vous le verrez vous-même. Nous, nos ancêtres, avons eu une vie dure, nous avons dû lutter pour tout. Et maintenant, nous sommes quatre milliards! C'était le chiffre du dernier recensement lorsque je suis parti. Quand je rentrerai, ce sera sans doute cinq! Nous devons nous procurer plus de ressources. Notre économie tombe en panne. Et nous ne pouvons nous permettre de dislocation économique. Pas avec la marge aussi réduite que nous offre Chertkoi.

D'abord, nous sommes retournés vers les autres planètes de notre système et nous les avons exploitées autant que nous avons pu. Puis nous avons commencé à ré-explorer les étoiles les plus voisines. Jusqu'à présent, nous avons trouvé deux planètes utiles. La vôtre est la troisième. Vous connaissez le chiffre de votre population? Dix millions, d'après votre président. Dix millions d'individus pour tout un monde de forêts, de plaines, de montagnes, d'océans... Votre plus petit continent contient plus de ressources que tout Chertkoi! Et votre population s'est stabilisée. Vous ne voulez pas être plus nombreux! (Golyev plaqua une main sur le bureau.) Si vous pensez que dix millions d'agriculteurs stagnants ont le droit de monopoliser tout cet espace vital et ces richesses, alors que quatre milliards de Chertkoiens sont au bord de la famine, s'écria-t-il avec indignation, vous vous trompez!

Elle se redressa un peu. Sans le regarder, d'une petite voix très lointaine, elle répliqua :

– C'est notre planète et nous avons le droit d'en faire ce que nous voulons. Si vous voulez vous reproduire comme des rats, vous devez en subir les conséquences!

La colère chassa toute compassion chez Golyev. Il écrasa son cigare dans le cendrier et vida son verre d'un trait.

– Je n'ai que faire de votre morale. Je ne suis pas un martyr. Je ne suis pas devenu astronaute pour me poser des problèmes philosophiques.

Il se leva et contourna son bureau pour s'approcher d'elle.

538 A.C.C.

Quand elle ne put plus supporter l'appartement, Elva sortit sur le balcon et contempla Dirzh, jusqu'à ce que cette vue devienne à son tour insupportable.

De cette hauteur, la ville ne manquait pas d'une certaine grandeur. Elle s'étendait de tous côtés vers l'horizon, en immenses blocs gris parmi lesquels se dressait ici ou là une mince tour étincelante d'acier et de verre. A l'est, presque à perte de vue, elle se terminait devant des puits de mines dont les échafaudages et les cheminées ne cachaient pas complètement le panorama du désert coloré. Entre les immeubles courait un réseau de voies surélevées, certaines portant des cargorobots, d'autres grouillant de piétons vêtus de gris. Au-dessus, dans un ciel violet-noir et sous l'unique lune énorme de la planète, presque pleine ce soir, voletaient les lucioles des aéronefs particuliers des directeurs, ingénieurs, techniciens militaires et autres représentants de la classe des patrons. Quelques étoiles étaient visibles mais l'éclat fiévreux du néon les obscurcissait presque toutes. Même au grand jour rougeâtre, Elva ne pouvait voir jusqu'au sol. Un brouillard de poussière, de fumée, de vapeurs cachait le pied des montagnes artificielles. Elle ne pouvait qu'imaginer le sous-sol, les cavernes et les tunnels où les travailleurs de la plus basse catégorie devaient passer leur vie à entretenir des machines et où la classe criminelle rôdait en meutes armées.

Il faisait rarement chaud sur Chertkoi, été comme hiver. Le vent nocturne soufflant en rafales, Elva resserra autour d'elle un manteau de fourrure véritable de Novagal. Bors n'était pas avare de vêtements et de bijoux. Mais aussi, il aimait bien sortir avec elle dans les lieux publics, pour la faire admirer et susciter l'envie. Les premiers mois, elle avait refusé de quitter l'appartement. Il n'avait pas insisté et s'était contenté d'attendre. Finalement, elle avait cédé. Maintenant, elle attendait avec impatience ces sorties qui l'arrachaient à ces murs. Mais ces derniers temps, il n'y avait pas eu de fêtes. Bors travaillait trop.

La lune Drogoi monta plus haut, rougie par le soleil caché et la basse atmosphère de la ville. A son zénith, elle serait d'une teinte cuivrée pâle. Une fois, Elva avait imaginé que ses taches formaient une tête de mort. Ce n'était pas vrai, mais elle n'avait jamais pu chasser cette impression causée par son horreur de tout ce qui était chertkoien.

Elle fouilla parmi les constellations, sachant que si elle trouvait le soleil de Vaynamo, cela lui ferait mal mais elle ne pouvait s'en empêcher. Cependant, l'air était trop dense cette nuit, et sentait l'acide et les œufs pourris. Elle songea à ses promenades le long du lac Rovaniemi, peu après son mariage. Karlavi l'accompagnait; personne d'autre car on n'avait pas besoin de gardes du corps sur Vaynamo. Les deux lunes montaient vite. Leur lumière traçait un double pont tremblant à la surface de l'eau. Les arbres murmuraient, l'air sentait la verdure, une créature chantait sa limpide nostalgie, loin parmi les ombres aux taches de lune.

– Que c'est beau! avait-elle chuchoté. Cet oiseau chanteur. Nous n'avons rien de semblable à Ruuyalka.

Karlavi avait ri tout bas.

– Ce n'est pas un oiseau. Les Alfavalas l'appellent... mais qui peut prononcer ça? Nous, les humains, nous disons « yanno ». Un petit pseudomammifère, terriblement nuisible. Il déracine les tubercules. Pendant un moment, nous avons cru qu'il nous faudrait anéantir l'espèce.

– Mais ils chantent si délicieusement!

– C'est vrai. Et cela ferait de la peine aux Alfavalas. Si tant est qu'ils aient une religion, le yanno semble en faire partie. En tout cas, il est important pour eux.

Elle et lui avaient été élevés dans le respect d'une loi tacite : les nains verts en sont à peine où l'homme était il y a deux ou trois millions d'années sur la Vieille Terre, mais ils sont les véritables autochtones de Vaynamo et si nous partageons leur planète, nous devons les respecter et les aider.

Un jour, Elva avait essayé d'expliquer cela à Bors Golyev. Il avait été incapable de comprendre. Si les aborigènes occupaient des terres que les hommes pourraient utiliser, pourquoi ne pas les chasser? Ils feraient un bon gibier rusé, non?

– Ne peut-on rien faire contre les yannos? avait-elle demandé à Karlavi.

– Pendant plusieurs générations, nous avons essayé différents stratagèmes, des clôtures électrifiées par exemple. Mais il y a quelques années j'ai consulté l'Institut Ecologique de Paaska et j'ai appris qu'ils abordaient tout autrement ces problèmes. Ils peuvent maintenant produire un gène mutant qui provoque un fort dégoût pour la vitamine C. Je suppose que tu sais que la vitamine C ne fait pas partie de la biochimie indigène et ne se trouve que dans des plantes d'origine terrestre. Nous libérons les mutants pour qu'ils se reproduisent et à chaque saison il y a moins de yannos qui touchent à nos récoltes. Encore cinq ans, et ils seront trop peu nombreux pour nous inquiéter.

– Et ils chanteront toujours pour nous.

Elle avait poussé son hailu plus près de celui de Karlavi. Leurs genoux se touchaient. Il s'était penché et l'avait embrassée.

Elva frissonna. « Je ferais mieux de rentrer », se dit-elle.

La pièce s'éclaira automatiquement quand elle y entra. Au moins l'éclairage artificiel de Chertkoi était le même que chez elle. La vie sous des soleils différents n'avait pas encore changé les yeux humains, même si, à d'autres égards, les colonies de l'homme s'étaient beaucoup éloignées les unes des autres... L'appartement avait trois petites pièces, ce qui était considéré comme un grand luxe. Avec cinq milliards d'individus, et davantage chaque jour, obligés de se nourrir sur une planète aussi aride, même les plus riches devaient se passer de biens qui appartenaient de plein droit aux plus pauvres des Vaynamois, l'espace vital, les arbres, l'herbe sous les pieds nus, une maison à soi, un grand ciel ouvert. Naturellement, Chertkoi avait des distractions extrêmement sophistiquées à offrir en échange, tout ce que l'on pouvait imaginer depuis les films multisensoriels jusqu'aux combats en chair et en os.

Belgoya arriva discrètement de son cagibi attenant. Elva se demanda si sa servante dormait parfois.

– La maîtresse désire-t-elle quelque chose, s'il lui plaît ?

– Non.

Elva s'assit, se disant qu'elle devait être habituée à la gravité maintenant. Depuis combien de temps était-elle là ? Un an, à peu près. Elle avait perdu la notion du temps, d'autant qu'ils avaient un calendrier bizarre. Plus dense que Vaynamo, Chertkoi exerçait une attraction de surface de dix pour cent plus forte; ce n'était pas suffisant pour perturber, quand on était en bonne forme physique. Pourtant, Elva était toujours fatiguée.

– Non, je ne veux rien.

Elle s'étendit sur le canapé et se frotta les yeux. La brume, au dehors, les piquait.

– Une tasse de stim, peut-être, s'il plaît à la maîtresse ?

La fille s'inclina encore une fois, l'air absurde d'une poupée dans son uniforme.

– Non ! cria Elva. Va-t-en !

– Je demande pardon. Je suis un ver de terre. J'implore votre miséricorde.

Terrifiée, la servante sortit de la pièce en rampant sur le ventre.

Elva alluma une cigarette. Sur Vaynamo, elle ne fumait pas mais depuis son arrivée elle en avait pris l'habitude et fumait une cigarette après l'autre, comme tous les Chertkoiens qui en avaient les moyens. On avait besoin de s'occuper les mains. La servilité des clients à l'égard des patrons ne la choquait plus mais les lui faisait considérer comme des créatures un peu gluantes. Certes, c'était compréhensible. Belgoya, par exemple, pouvait être congédiée à tout moment et renvoyée au niveau de la rue. Là, en bas, il y avait un million de postulantes avides pour la remplacer. Elva ne pensa plus à elle et tendit la main vers les boutons du téléviseur. Il y aurait sûrement quelque chose à voir, de préférence bruyant et plein d'action, pour passer la soirée.

La porte s'ouvrit. Elva se retourna, tendue. Ainsi, Bors était de retour. Et seul. S'il avait amené un ami, elle aurait été obligée de se retirer dans la minuscule chambre à coucher et se contenter d'écouter. Les Chertkoiens des classes supérieures n'aimaient pas que les femmes interviennent dans leurs conversations. Mais Bors seul, cela signifiait qu'elle aurait quelqu'un à qui parler.

Il entra d'un pas lourd révélant sa fatigue. Il envoya son chapeau dans un coin et laissa tomber son manteau par terre. Belgoya rampa pour les ramasser. Quand il s'assit, elle était déjà là avec un verre et un cigare.

Elva attendit. Elle connaissait ses humeurs. Quand la figure camuse et barbue eut perdu un peu de sa dureté, elle sourit, s'étira sur le canapé et se mit sur un coude.

– Tu te tues au travail, gronda-t-elle.

Il soupira.

– Oui. Mais la fin est en vue. Encore une semaine, et toute la fichue paperasse sera à jour.

– Tu l'espères. Un de tes bureaucrates inventera probablement dix-neuf nouveaux formulaires à remplir en quatre exemplaires.

– Probablement.

– Nous n'avons jamais eu ces ennuis chez nous. Le gouvernement planétaire était le seul corps coordinateur, avec des pouvoirs strictement limités. Pourquoi refusez-vous même d'envisager un système semblable ici?

– Tu connais les raisons. Cinq milliards de raisons. Sur Vaynamo, on a la place d'être un individu. (Golyev vida son verre et le tendit pour le faire remplir.) Par tout le chaos! Je suis bien tenté de déserter quand nous y arriverons!

Elva haussa les sourcils.

– C'est une idée, roucoula-t-elle.

– Tu sais que c'est impossible, grogna-t-il en retombant dans sa morosité. Sans parler du fait que je serai un étranger ennemi sur une planète entière...

– Pas nécessairement.

– Bon, même si je me faisais naturaliser (et qui a envie de devenir un bouseux?) je n'aurais que trente ans avant qu'arrive la Troisième expédition. Je ne veux pas être un client dans ma vieillesse. Ou pire, voir mes enfants devenir des clients.

Elva alluma une deuxième cigarette au mégot de la première. Elle aspira si fortement la fumée que ses joues se creusèrent.

« Mais c'est parfait de lancer la Deuxième expédition et de faire clients les autres, pensa-t-elle. La Première qui m'a capturée ainsi que mille autres (que sont-ils devenus? Combien sont morts, combien ont été trouvés inutilisables et lobotomisés, envoyés dans les mines, combien sont encore soumis à des interrogatoires?)... ce n'était qu'une simple reconnaissance. La Deuxième aura cinquante bâtiments de guerre et imposera la capitulation par la force. A tout le moins, elle écrasera toutes les défenses possibles, détruira tout le potentiel de guerre imaginable, ramènera un immense troupeau d'esclaves. Et puis la Troisième, mille vaisseaux ou plus, transportera, pour la conquête définitive, les garnisons, les cadres, les fonctionnaires et les colons. Mais ce ne sera pas avant quarante-cinq ans au moins. Un homme sur Vaynamo... Hauki... un homme survivant à la venue de la Deuxième expédition aura encore une trentaine d'années de liberté. Mais osera-t-il avoir des enfants? »

– Je m'installerai là-bas après la Troisième expédition, je pense, avoua Golyev. D'après ce que j'ai vu de la planète la dernière fois, elle me plaît. Et les occasions sont illimitées. Tout un monde attendant d'être convenablement développé!

– Je pourrais t'indiquer beaucoup d'occasions qui risqueraient de t'échapper, insinua Elva.

Golyev changea de position.

– Ne recommençons pas. Tu sais que je ne peux pas t'emmener.

– Tu es le commandant de la flotte, n'est-ce pas?

– Oui, je le serai, mais, bon sang, tu ne peux pas comprendre? L'IP n'est pas comme les autres corporations. Nous employons des hommes qui pensent et agissent de leur propre chef, pas des abrutis enracinés à la planète comme Machin Chose, dit-il en désignant du menton Belgoya qui baissa humblement les yeux et continua de lui préparer son troisième verre. Des hommes de la classe des patrons, les fils cadets de directeurs et d'ingénieurs. Les officiers ne peuvent bénéficier de privilèges particuliers. Ça saperait le moral.

Elva battit des cils.
– Pas tant que ça. Vraiment.
– Mon fils aîné a promis de s'occuper de toi. Il n'est pas aussi mauvais que tu as l'air de le penser. Tu n'auras qu'à te soumettre à ses caprices. Je te reverrai, dans trente ans.
– Lorsque mes cheveux seront gris et ma peau ridée. Pourquoi ne pas me jeter à la rue pendant que tu y es?
– Tu sais pourquoi, répliqua-t-il farouchement. Tu es la première à qui j'aie jamais pu parler. Non, je ne m'ennuie pas avec toi! Mais...
– Si tu m'aimais vraiment...
– Tu me prends pour un imbécile? Je sais que tu comptes bien t'échapper pour rejoindre ton peuple, une fois que nous aurons atterri.
Elva redressa brusquement la tête, d'un mouvement hautain.
– Eh bien! Si c'est ce que tu crois de moi, il n'y a plus rien à dire!
– Allons, allons, ma jolie, ne sois pas comme ça!
Il allongea le bras et posa une main sur celui d'Elva. Elle battit en retraite à l'autre bout du canapé. Il parut perplexe.
– Et autre chose, dit-il. Si tu tiens tant à ta planète, comme je le suppose, même si tu as vu maintenant quelle pitoyable bande de glaiseux pétrifiés ils sont tous... dis-toi bien que ce que nous aurons à faire là-bas ne sera pas joli à voir.
– C'est ça! D'abord tu me prends pour une traîtresse et maintenant tu dis que je n'ai pas de courage!
– Hoy, une minute...
– Vas-y, bats-moi, je ne peux pas t'en empêcher! Tu es assez courageux pour ça!
– Je ne t'ai jamais...
A la fin, il céda.

553 A.C.C.

Le missile lancé sur Yuvaskula avait un rayon de destruction totale de dix kilomètres. Ainsi la ville disparut dans une seule déflagration radioactive. Dans un sens, la pensée d'hommes, de femmes, de petits enfants carbonisés fit un peu moins de peine à Elva que d'apprendre que la Vieille Ville n'était plus : la cabane en rondins construite par les premiers hommes qui mirent le pied sur Vaynamo, l'ancienne église de Saint-Yarvi avec ses vitraux et son clocher doré, le Musée des Arts où elle était allée, enfant, pour une visite, l'université où elle avait fait ses études et rencontré Karlavi... « Je suis une véritable fille de Vaynamo, pensa-t-elle avec un pincement de remords. Tout ce qui est traditionnel, plein de souvenirs, tout ce qui a été contemplé et accompli par toutes les générations qui m'ont précédée est cher à mon cœur. Les Chertkoiens s'en moquent. Ils n'ont pas de passé qui vaille d'être rappelé.. »

En marchant le long des plasticabris de la base avancée, elle pouvait voir au nord, malgré la distance, le ciel ensanglanté par l'incendie. Elle avait volé pendant une centaine de kilomètres, dans un aéronef emprunté au vaisseau amiral, puis s'était posée pour éviter d'éventuels missiles et fait prendre en stop par un véhicule de ravitaillement. Les soldats chertkoiens avaient été enchantés, jusqu'à ce qu'elle leur montre son laissez-passer, signé par le commandant Golyev en personne. Alors ils étaient devenus d'un respect abject.

Le sauf-conduit n'était destiné qu'à lui permettre de se déplacer librement à l'arrière, et elle avait eu assez de mal à l'arracher à Bors. Mais ensuite, personne ne le regarda de près. Elle était elle-même si peu habituée au concept de la guerre qu'elle ne s'étonna pas du laxisme de ces mesures de sécurité. Si elle y avait réfléchi, elle aurait compris que Chertkoi n'avait jamais mis au point une meilleure organisation parce que ce monde n'avait jamais affronté d'ennemi d'une force comparable. Vaynamo n'en était certainement pas un, même si la planète se révélait un adversaire coriace, où toutes les fermes renfermaient un arsenal et où tous les sentiers forestiers pouvaient cacher des pièges mortels. Les guérilleros harcelaient les mouvements, d'un envahisseur armé de blindés, d'artillerie nucléaire, contrôlant totalement l'air et l'espace, mais ils ne pouvaient l'arrêter.

Elva resserra autour d'elle son manteau foncé et s'accroupit sous une position de canon. Une sentinelle passa, son casque carré contre la face familière et bien-aimée d'une des lunes, son fusil en diagonale contre les étoiles. Elle ne voulait pas répondre à des questions superflues. Pendant un moment, le lointain brasier monta plus haut, une inquiétante lueur rougeoyante l'atteignit et elle eut peur d'être surprise. Mais l'homme continua sa ronde.

Du ciel, elle avait vu que l'incendie était surtout une forêt de feu, embrasée par Yuvaskula. Les maisons de bois qui n'avaient pas été déchiquetées par le missile se dressaient intactes dans la plus blanche des lumières. Un procédé devait avoir été mis au point dans l'un des instituts de recherche, depuis son départ, pour ignifuger le bois... Comme Bors aurait ri si elle le lui avait dit! Une industrie capable de produire un minimum de véhicules, d'engins de motoculture, d'outils, de produits chimiques, une science qui développait des techniques d'ignifugation et s'occupait d'écologie, une population qui restait délibérément statique, pour préserver ses vieilles lois et coutumes... et qui prétendait faire la guerre à Chertkoi!

Malgré tout, c'était un combattant trop expérimenté pour sous-estimer un ennemi sans l'avoir soigneusement examiné. Un incident l'avait suffisamment surexcité pour qu'il en parle à Elva : un prisonnier, capturé pendant une escarmouche près de Yuvaskula alors qu'il espérait encore prendre la ville intacte, un officier qui avait suffisamment craqué à l'interrogatoire pour indiquer qu'il détenait des renseignements importants. Mais Golyev ne pouvait attendre que les inquisiteurs aient terminé leur travail. Il avait fallu qu'il parte le lendemain même pour diriger l'attaque de l'usine de machines-outils Lempo, et Elva savait qu'il ne reviendrait pas très tôt. L'usine avait été construite en sous-sol par mesure d'économie et pour préserver le paysage verdoyant. Maintenant, ses boyaux de béton se révélaient faciles à défendre et ils étaient amèrement disputés. Les Chertkoiens avaient la ferme intention de s'en emparer pour être sûrs de tout détruire. Ils ne laisseraient pas à Vaynamo un seul noyau d'industrie. Après tout, la planète aurait une trentaine d'années pour se remettre et se réarmer avant la Troisième expédition.

Laissée seule par Bors, Elva prit un aéronef et se glissa vers la base avancée.

Elle reconnut le plasticabri qu'elle cherchait à son insigne du Service de Renseignements. Le factionnaire braqua sur elle son fusil.

– Halte!

Sa voix d'adolescent vibrait de nervosité. Plus d'une sentinelle avait été trouvée égorgée au matin.

– Du calme, dit-elle. Je dois voir le prisonnier Ivalo.

– L'officier bouzoule? (Il balaya son visage avec un rayon mince comme un crayon.) Mais vous êtes... euh...

– Vaynamoise moi-même. Naturellement. Nous sommes quelques-uns, vous savez. Des prisonniers capturés la dernière fois, qui se sont engagés dans votre armée comme guides et espions. Vous avez entendu parler de moi. Je suis Elva, la dame du commandant Golyev.

– Ah! Oui, maîtresse. Oui, bien sûr.

– Voilà mon laissez-passer.

Il le regarda d'un air un peu inquiet.

– Mais, euh, puis-je demander ce que... ce que vous comptez faire? J'ai des ordres stricts...

Elva lui adressa son sourire le plus confidentiel.

– Mon propre patron a eu cette idée; le prisonnier détient des renseignements précieux. Il a été durement traité, mais il a résisté. Maintenant, tout à coup, nous allons supprimer la contrainte. Une jolie femme de sa propre race...

– Je comprends. Il craquera peut-être. Mais je ne sais pas trop, maîtresse. Ces têtes-jaunes aux yeux obliques ne sont que des animaux... je vous demande pardon! Entrez donc. Criez s'il fait le méchant ou... ou n'importe quoi.

On lui ouvrit la porte. Elle entra dans une pièce hémicylindrique si basse qu'elle dut se voûter. Un tube d'éclairage s'alluma, révélant une paillasse sur le sol.

Le capitaine Ivalo avait les tempes grises mais il était encore souple et solide. Sa figure était hagarde, il avait les yeux creux et une barbe de plusieurs jours, des vêtements déchirés et dégoûtants. Quand il se réveilla et leva les yeux, il était trop épuisé pour montrer beaucoup de surprise.

– Quoi encore? demanda-t-il en mauvais chertkoien. Qu'allez-vous tenter maintenant?

Elva répondit en vaynamois (Dieu, il y avait un an et demi, d'après son propre calendrier, près de dix-sept ans en temps cosmique, qu'elle n'avait adressé la parole à quelqu'un de sa planète!)

– Chut. Je vous en supplie. Nous ne devons pas être soupçonnés.

Il s'assit.

– Qui êtes-vous? demanda-t-il sèchement, avec un accent vaynamois plutôt pédant.

Elle pensa qu'il devait être professeur ou savant en temps de paix, cette paix qui paraissait maintenant si lointaine.

– Une collaboratrice? Il paraît qu'il y en a. Toutes les bergeries doivent avoir leurs brebis galeuses, je suppose.

Elle s'assit par terre à côté de lui, serra ses genoux entre ses bras et contempla le mur arrondi.

– Je ne sais pas comment m'appeler, dit-elle d'une voix sans timbre. Je suis avec eux, oui. Mais ils m'ont capturée la dernière fois.

Il sifflota tout bas, tendit une main un peu tremblante mais hésita à la toucher.

– J'étais jeune, alors, murmura-t-il, mais je me souviens. Est-ce que je connais votre famille?

– Peut-être. Je suis Elva, fille de Byarmo, Magnat de Ruuyalka. Mon mari était Karlavi, Suzerain de Tervola. (Soudain, elle ne put conserver son sang-froid. Elle saisit si violemment le bras du prisonnier que ses ongles firent sourdre du sang.) Savez-vous ce qu'est devenu mon fils? Il s'appelle Hauki. J'ai pu le sauver, je l'ai confié à un serviteur Alfa. Hauki, fils de Karlavi, Suzerain de Tervola. Vous souvenez-vous, le savez-vous?

Il se dégagea aussi doucement que possible et secoua la tête.

– Je regrette. J'ai entendu parler de ces deux

endroits, mais ce ne sont que des noms. Je suis moi-même des îles Aakinen.

Elle baissa tristement la tête.

– Je m'appelle Ivalo, dit-il gauchement.

– Je sais.

– Quoi?

Elle leva vers lui des yeux absolument secs.

– Ecoutez. On dit que vous détenez des renseignements importants.

Il se hérissa.

– Si vous croyez...

– Non. Je vous en prie, écoutez. Tenez... (Elle fouilla dans une poche. Enfin ses doigts se refermèrent sur la fiole. Elle la lui tendit.) Un antiseptique. Mais l'étiquette dit que c'est un poison très toxique si on l'avale. Je vous l'ai apporté.

Il la contempla pendant un long moment.

– C'est tout ce que je peux faire, souffla-t-elle en se détournant.

Il prit le flacon, le tourna et le retourna entre ses mains. Autour d'eux, la nuit était silencieuse. Enfin il demanda :

– Serez-vous punie pour ce geste?

– Pas trop.

– Attendez... Si vous avez pu pénétrer ici, vous pouvez sûrement vous échapper complètement. Nos troupes ne doivent pas être loin. Ou bien n'importe quel fermier vous cachera.

– Non, je vais rester avec eux. Je pourrai peut-être aider encore, si peu que ce soit. Qu'ai-je d'autre pour me faire vivre que l'espoir de... Ce ne serait pas mieux de vivre ici si nous étions entièrement conquis. Il doit y avoir une attaque finale, dans trente ans. Le savez-vous?

– Oui. Nous aussi nous faisons des prisonniers, et nous les interrogeons. Le premier épisode nous a étonnés. Beaucoup pensaient que ce n'était qu'un raid de... de pirates. Mais nous savons maintenant qu'ils ont réellement l'intention de s'emparer de notre planète.

– Vous devez avoir de bons linguistes à présent, dit-elle pour tenter de s'écarter des sujets trop personnels. Pour pouvoir interroger vos prisonniers. Vous aussi, maintenant que vous avez été capturé, vous pourriez être instruits par l'hypnopédie.

– Par quoi?

– L'appareil qui enseigne les langues.

– Ah oui, l'ennemi en a, c'est vrai. Mais nous aussi. Après le premier raid, ceux qui croyaient au danger d'un retour des étrangers se sont appliqués à mettre au point ces machines. Je savais le chertkoien des semaines avant ma capture.

– J'aimerais pouvoir vous aider à vous évader, murmura-t-elle. Mais je ne sais pas comment. Ce flacon est tout ce que je peux faire. Vous comprenez?

– Oui, souffla-t-il, et il le regarda avec fascination.

– Mon patron – Golyev lui-même – a dit que ses hommes vous mettraient en pièces pour obtenir ce que vous savez. Alors j'ai pensé...

– Vous êtes très bonne, dit Ivalo avec une grimace, comme s'il avait goûté quelque chose de répugnant. Mais je ne sais rien d'utile. Je n'ai même pas eu à jurer le secret pour ce que je sais. Pourquoi me suis-je tu? Ne me le demandez pas. Par obstination. Colère. Ou simplement parce que je refusais d'admettre que mon peuple, notre peuple, pouvait être si faible et si stupide!

– Pardon?

– Ils pourraient gagner la guerre d'un seul coup. Ils ne veulent pas. Ils préfèrent mourir, laisser leurs enfants être réduits en esclavage par la Troisième expédition!

– Que voulez-vous dire?

Elle se redressa, tendue comme la corde d'un arc. Il haussa les épaules.

– Je vous l'ai dit. Un certain nombre de Vaynamois ont compris que la première incursion était l'avant-garde d'une armée de conquête. Il n'y avait pas d'action officielle. Comment aurait-il pu y en avoir, avec un gouvernement aussi faible que le nôtre? Mais certains biologistes...

– Pas une peste!

– Si. Une mutation du virus coryzoïde local. Une période d'incubation d'un mois environ, pendant laquelle la maladie est contagieuse. Le vaccin est encore efficace deux semaines après l'exposition, donc notre peuple serait sauvegardé. Mais les Chertkoiens emporteraient la maladie avec eux. Morts estimés, quatre-vingt-dix pour cent de la race.

– Mais...

– C'est là que le gouvernement est intervenu, dit-il amèrement. L'information a été étouffée, les cultures de virus détruites. Le principe, c'était que même pour nous sauver nous ne pouvions faire une chose pareille.

Elva retomba assise sur ses talons. Elle avait vu aussi des petits enfants sur Chertkoi.

– Ils ont raison, bien sûr.

– Peut-être. Peut-être. Et pourtant nous allons être écrasés, massacrés ou asservis. Nos forêts seront coupées, nos mines ruinées, nos pauvres Alfavalas exterminés... Ah, au diable tout ça! gronda Ivalo en contemplant la fiole de poison. Je n'ai pas d'information scientifique, je ne suis pas un virologue. Cela ne peut nous faire aucun tort militaire de le dire aux Chertkoiens. Mais j'ai vu ce qu'ils nous ont fait. Je leur transmettrais la maladie.

– Pas moi.

Elva se mordit la lèvre. Il la contempla longuement.

– N'allez-vous pas vous évader? Ne cherchez pas à être héroïque. Vous ne pouvez rien faire. Les envahisseurs rentreront chez eux quand ils auront anéanti toute notre industrie. Ils ne reviendront pas avant trente ans. Vous pouvez être libre presque toute votre vie.

– Vous oubliez que si je pars avec eux et si je reviens, mon absence n'aura duré qu'un an ou deux. Je ne peux pas participer aux préparatifs de la prochaine guerre. Je ne suis qu'une femme, sans entraînement. Alors que peut-être... Et puis de nouveaux prisonniers vaynamois vont être amenés sur Chertkoi. Je pourrai peut-être les aider.

Ivalo regarda le poison.

– J'allais l'utiliser, marmonna-t-il. Je ne pensais pas que ça valait la peine de rester en vie. Mais maintenant, si vous pouvez... Non. Je vous remercie, ma dame, dit-il en lui rendant le flacon.

– J'ai une idée, murmura-t-elle avec un peu plus d'animation. Dites-leur tout ce que vous savez. Prétendez que je vous ai persuadé. Alors je réussirai peut-être à vous faire échanger.

– Peut-être, répondit-il sans y croire. J'essaierai.

Elle se leva et bredouilla :

– Si on vous libère... voudrez-vous aller à Tervola? Voulez-vous trouver Hauki, fils de Karlavi, et lui dire que vous m'avez vue? S'il est vivant!

569 A.C.C.

Dirzh avait changé pendant l'absence des vaisseaux. L'évolution se poursuivit après leur retour. La ville devenait plus énorme, plus enfumée, plus laide. Chaque année, de plus en plus de gens perdaient leur condition de clients, se réfugiaient dans les galeries souterraines et rejoignaient les gangs. Il arrivait même parfois que le bruit et les vibrations des batailles rangées dans les tunnels se fissent entendre au niveau des patrons. On ne voyait plus le désert, même des plus hautes tours, rien que les mines abandonnées et les terrils qui commençaient à se recouvrir de taudis. Le brouillard cancérigène montait au point de se faire sentir sur les balcons de l'élite la plus huppée. Les programmes télévisés devenaient plus bruyants et plus pornographiques, pour concurrencer le spectacle de la rue dont les effusions de sang étaient plus excitantes que les combats démodés. De l'espace, arrivait la nouvelle de l'écrasement d'une révolte sur Navogal, provoquant une telle pénurie de main-d'œuvre que des travailleurs devaient être recrutés sur Imfan et expédiés en masse.

C'était seulement en regardant au zénith que l'on ne constatait pas de changement. Le ciel du jour était encore d'un froid bleu violacé, avec parfois un nuage de poussière jaune. La nuit, il y avait toujours les étoiles... et un crâne.

Pourtant, pensait Elva, on n'aurait pas besoin d'un bien grand télescope pour voir la flotte de la Troisième expédition sur orbite, onze cents vaisseaux spatiaux, des bâtiments armés et des transports de troupes et de matériel, presque toute la force de Chertkoi rassemblée pour la conquête de Vaynamo. Les campagnes menées à travers les espaces interstellaires n'étaient pas faciles. On ne pouvait faire venir du ravitaillement ou des renforts. On brisait l'ennemi ou il vous écrasait. L'amiral de la flotte Golyev n'avait pas l'intention de se laisser écraser.

Il n'avait même pas l'intention de revenir annoncer la réussite d'une opération de reconnaissance ou d'un raid. La Troisième expédition devait être définitive. Et il devait compter que les Vaynamois avaient eu toute une génération pour récupérer. Il avait détruit leur industrie lourde mais s'ils étaient vraiment résolus, ils avaient pu la reconstruire. Sans aucun doute, une flotte spatiale quelconque l'attendrait pour l'affronter.

Il savait qu'elle ne pourrait être d'une puissance équivalente. Dix millions d'habitants, forcés de recréer toutes leurs mines, leurs fonderies, leurs usines avant de pouvoir entamer la construction d'un seul vaisseau, n'avaient aucune possibilité d'égaler les efforts concentrés de six milliards et demi d'individus dont le monde n'avait cessé de s'industrialiser pendant des siècles, qui pouvaient puiser dans les ressources de deux planètes sujettes. La mathématique pure l'interdisait. Mais dix millions d'hommes déterminés pouvaient accomplir un gros travail et dans une certaine mesure les missiles à fission nucléaire équilibraient les rapports de forces. Par conséquent, Bors Golyev demanda tant d'effectifs que ceux de l'ennemi, les plus importants soient-ils, seraient exterminés. Et il les obtint.

Elva s'accouda à son balcon. Un vent froid agitait sa longue robe en faisant onduler et se fondre les couleurs de l'arc-en-ciel. Elle devait reconnaître que l'étoffe était ravissante. Bors se donnait du mal pour lui plaire (mais pourquoi fallait-il qu'il cite le prix?). Il était lui-même heureux comme un enfant de ses réussites, de sa nouvelle importance, de l'appartement de huit pièces auquel il avait droit tout au sommet de la Tour Lebedan.

– Mais nous n'y resterons pas longtemps, avait-il dit quand ils l'avaient visité pour la première fois. Mon fils Nivko a fait du bon travail au ministère. C'est ainsi que j'ai obtenu ce commandement, l'expérience seule ne suffisait pas. Naturellement, il attend de moi que je pousse ses fils... Mais n'importe comment, la Troisième expédition peut partir encore plus tôt que je ne l'espérais. Encore quelques mois seulement, et nous prendrons le départ.

– Nous? murmura Elva.

– Tu veux venir, n'est-ce pas?

– Au dernier voyage, tu n'étais pas si empressé.

– Oui... Et j'ai eu un sacré mal à te faire accepter à bord. Mais cette fois, c'est différent. D'abord, j'occupe un rang si élevé que je suis au delà de la critique et même de l'envie. Deuxièmement, tu comptes aussi. Tu n'es pas n'importe quelle indigène capturée. Tu es Elva! Celle qui, seule et de son propre chef, a fait parler cet Ivalo. (Golyev sourit.) Tu aurais dû entendre le chahut! Certains Directeurs votèrent même pour qu'on laisse Vaynamo en paix. D'autres voulaient stériliser toute la planète avec des missiles au cobalt. Mais je les ai convaincus. Une fois que nous aurons battu leur flotte et occupé la planète, sa population entière sera prise en otage, en gage de sa bonne conduite. Nous ferons quelques exemples avec les bouzoules qui nous causent des ennuis. Ils comprendront alors que nous parlons sérieusement quand nous annonçons notre politique. Au premier soupçon de peste chez nous, nous détruirons un continent. Si le soupçon est confirmé, nous bombardons tout. Non, il n'y aura pas de guerre bactériologique.

– Je sais. J'ai déjà entendu ton raisonnement. Au moins cinq cents fois, je pense.

– Par la destruction! Suis-je donc un tel raseur? demanda-t-il en passant derrière elle pour la prendre par les épaules. Je ne le fais pas exprès. Vraiment. Je n'ai pas l'habitude de parler aux femmes, c'est tout.

– Et je n'ai pas l'habitude d'être enfermée dans un bocal comme un poisson rare, sauf quand tu veux m'exhiber, répliqua-t-elle vertement.

Il l'embrassa dans le cou. Sa barbe la chatouilla.

– Ce sera différent sur Vaynamo. Quand nous serons installés. Je serai gouverneur de la planète. Le Directorat me l'a pratiquement promis. Alors je pourrai faire ce que je veux. Et toi aussi.

– J'en doute. Quelle raison ai-je de te croire? Quand je t'ai dit que j'avais fait parler Ivalo en promettant que tu l'échangerais, tu n'as pas voulu tenir cette promesse. (Elle essaya de se dégager mais il la tenait trop fortement. Elle se contenta de se raidir.) Maintenant, quand je te dis que les prisonniers que nous avons ramenés doivent être traités comme des êtres humains, tu gémis que ton fichu Directorat...

– Mais le Directorat impose la politique!

– Tu es amiral de la flotte, comme tu ne rates jamais une occasion de me le rappeler. Tu peux certainement faire pression. Tu peux insister pour que les Vaynamois soient extraits de ces chenils et bénéficient d'une détention honorable...

– Allons, allons...

Ses lèvres caressèrent la joue d'Elva. Elle détourna la tête et poursuivit :

– ... Et tu peux obtenir ce que tu exiges. Ce sont tes propres prisonniers, n'est-ce pas? Je vous ai assez écoutés, toi et tes officiers assommants, quand vous les avez ramenés. J'ai lu des livres, des centaines de livres. Qu'ai-je d'autre à faire, jour après jour, semaine après semaine?

– Mais j'ai du travail! J'aimerais sortir avec toi, vraiment, mais...

– Alors je comprends la structure du pouvoir sur Chertkoi aussi bien que toi, Bors Golyev. Sinon mieux. Si tu ne sais pas comment user de ton influence, alors étouffe un peu ta vanité, assieds-toi et écoute-moi.

– Eh bien, euh, je n'ai jamais nié, ma jolie, que tu m'as donné quelques conseils utiles, de temps en temps.

– Alors écoute-moi. Je dis que tous les Vaynamois que tu détiens doivent avoir un logement décent, des distractions, être respectés. Pourquoi les as-tu capturés, sinon pour les utiliser? Et ils ne te serviront à rien si tu les traites à coups de pied. Un chien serait plus utile pour ça. De plus, la flotte doit les ramener sur Vaynamo. Tous.

– Quoi? Tu ne sais pas ce que tu dis! La logistique est déjà assez difficile sans...

– Je sais très bien ce que je dis. Et mieux que toi. Tu as besoin de guides, d'intermédiaires, d'hommes de paille, n'est-ce pas? Pas par dizaines, quelques lâches et quelques traîtres, comme jusqu'à présent. Il t'en faut des centaines. Eh bien, ils sont là, entre tes mains.

– Et ils me haïssent.

– Donne-leur des conditions de vie raisonnables et ils ne te détesteront plus. Du moins pas tant. Et puis ramène-les chez eux... Il y a une génération qu'ils en sont partis, tous leurs amis sont vieux ou morts, tout a changé depuis la conquête de la planète. Et laisse-moi traiter avec eux. Tu auras de l'aide.

– Ma foi... Je vais y réfléchir.

– Tu vas agir! (Elle se détendit, s'adossa contre les muscles de la poitrine de Bors et leva la tête vers lui, avec un sourire aguichant.) Tu sais très bien agir, Bors.

– Elva... (Plus tard :) Tu sais ce que je voudrais faire dès que je serai bien établi comme gouverneur? Je veux t'épouser. Correctement et ouvertement. Si les gens sont choqués, je m'en moque. Je veux être ton mari et le père de tes enfants, Elva. Qu'est-ce que tu dis de ça? Maîtresse Gouverneur Général Elva Golyev de la Province planétaire de Vaynamo. Tu n'aurais jamais pensé que tu monterais si haut dans la vie, hein?

583 A.C.C.

Vers la fin du voyage, il la renvoya dans sa cabine. Une combinaison de secours – un cylindre blindé à propulsion, pourvu d'un régénérateur d'air et de rations de vivres et d'eau, qu'elle pouvait endosser en soixante secondes – occupait presque toute la place.

– Je ne pense pas qu'il y aura des problèmes, dit-il, mais si jamais il arrivait quelque chose... J'espère que tu réussiras à atteindre Vaynamo.

Il s'interrompit. Sur la passerelle, les officiers vaquaient silencieusement à leurs tâches; les moteurs ronronnaient. Les étoiles déformées par la rapidité proche de la lumière encadraient sa dure figure basanée. Sa peau luisait de sueur; pas de peur, mais à cause de l'effort qu'il faisait pour parler.

– Je t'aime, tu sais, acheva-t-il.

Rapidement, il retourna à ses commandes. Elva descendit.

Vêtue d'un uniforme d'astronaute, assise sur la couchette, enfermée dans du métal vibrant, elle sentit le tiraillement interne de l'arrêt de l'agoratron et la vitesse se reconvertir à la masse atomique. Le hublot d'observation de la cabine montrait de nouveau les étoiles dans leur configuration réelle, vives sur le fond noir. Vaynamo était petite et bleue, encore à plusieurs centaines de milliers de kilomètres. Elva passa les doigts dans ses cheveux.

Son cuir chevelu lui paraissait serré, elle avait les lèvres sèches. On ne peut s'empêcher d'avoir un peu peur, pensa-t-elle. Rien qu'un petit peu.

Elle évoqua le souvenir de la terre de Karlavi, où il gisait depuis soixante-deux ans, maintenant. Les roseaux murmuraient le long des berges du Rovaniemi, le vent faisait onduler les herbes et le temps était revenu pour que s'épanouissent les lampe-fleurs au fond de la vallée. Comme un rêve au bord de la vision, les pics neigeux de Mikkela flottaient dans du bleu pur.

« Je reviens, Karlavi », pensa-t-elle.

Sur son écran, les vaisseaux les plus proches étaient des jouets scintillants plongeant dans le vide. Les plus éloignés n'étaient pas visibles à cette basse amplification. Seuls les sens du radar, du gravipouls et d'instruments moins familiers, analysés par des électrons tourbillonnant dans une mémoire d'ordinateur, donnaient une certaine perception de la réalité. Mais elle pouvait écouter sur la ligne principale de l'interphone qui la reliait à la passerelle, si elle le voulait, et entendre ces données. Elle abaissa la manette. Rien encore, sauf des rapports de routine. Le disque de la planète n'était-il pas un peu plus grand?

« Me serais-je trompée depuis le début? » se demanda-t-elle. Son cœur s'arrêta une seconde. Puis :

– Alerte! Alerte rouge! Alerte rouge! Objets détectés, approchant à 9 h 30, à quinze degrés de hauteur. Emissions neutrino indiquent moteurs nucléaires... Alerte! Alerte jaune! Objet au repos détecté sur orbite autour de planète objectif, 2 h 30, dix degrés en bas, environ 75000 kilomètres de distance. Extrêmement massif. Je répète, au repos. Bas niveau d'activité nucléaire, mais à température bolométrique espace ambiant. Peut-être forteresse spatiale abandonnée, si ce n'était pas si massif... Objets détectés identifiés comme vaisseaux spatiaux. Approchant à vélocité radiale moyenne de 250 KPS. Pas de décélération évidente. Nombre très important, estimation cinq mille. Toutes unités petites, à peu près la masse de nos engins-éclaireurs...

Le caquetage continua jusqu'à ce que la voix de Golyev l'interrompît abruptement :

– Attention, attention! Amiral de la flotte à passerelles toutes unités. Ecoutez ça. (Sardonique.) L'opposition fait une bonne tentative. Au lieu de construire de vrais vaisseaux – au mieux, ils n'auraient pu en fabriquer qu'une poignée – ils ont produit des milliers d'engins de guerre habités. Leur plan est manifestement de couper à travers notre formation, en comptant sur la vitesse, pour lâcher des torpilles chercheuses en quantité. Préparez-vous à les repousser. Nous avons assez de détecteurs, d'antimissiles, de négachamps pour les battre aussi sur ce terrain. Une fois qu'ils nous auront dépassés, les engins auront besoin de plusieurs heures pour décélérer et revenir à portée de tir. A ce moment, nous devrions être sur orbite autour de la planète. Parez naturellement à tout état d'urgence. Mais je pense que seules des opérations standard seront nécessaires. Bon tir!

Elva se pencha sur son écran. Tout à coup, elle vit la flotte vaynamoise, des étincelles, toute une horde scintillant parmi les étoiles. Plus près! Ses mains se crispèrent l'une contre l'autre. « Ils doivent avoir un plan, se dit-elle. Si je saute dans cinq minutes... J'espérais descendre vers toi, Karlavi. Mais sinon, adieu, adieu. »

Les deux flottes se rapprochèrent; d'un côté les puissants bâtiments de guerre, les croiseurs, les auxiliaires, les avisos escortant des essaims de transports de troupes; de l'autre des engins minces comme des torpilles dont la seule arme était la rapidité. Les canons de Chertkoi pivotèrent, espérant un tir heureux. A de telles vitesses, c'était improbable. Les flottes s'interpénétreraient et se sépareraient en une fraction de seconde. Les Vaynamois ne pouvaient être détruits avant l'affrontement général près de leur planète. Cependant, si un missile nucléaire trouvait son objectif... quel brasier dans le ciel!

Le vaisseau amiral frémit violemment.

– Chambre des machines à passerelle. Qu'est-ce qui se passe?

– Passerelle à machines. Un peu de poussée, bon sang! Qu'est-ce que vous foutez...

– *Sharyats* à *Askol! Sharyats* à *Askol!* Suis dévié de ma route. Accélère. Qu'est-ce qui se passe?

– Attention!

– *Fodorev* à *Zuevots!* Réveillez-vous, bougres d'imbéciles! Vous allez nous rentrer dedans!

Protégée par le champ intérieur, Elva sentit à peine le prodigieux changement de vitesse. Malgré tout, son estomac se révulsa. Elle se cramponna aux montants de la couchette. Le bureau s'arracha à ses attaches et s'écrasa contre une paroi qui céda. Le plancher s'ouvrit. Un rugissement parcourut toute la coque, des étais gémirent en fléchissant, des plaques blindées grincèrent en se déchirant. Une poutrelle se cassa net et éclata en fragments pointus parmi les servants d'une tourelle. Une section se détacha, l'air jaillit en sifflant et une centaine d'hommes moururent avant qu'on puisse fermer les cloisons étanches.

Au bout d'un moment, les énergies stabilisatrices reprirent le contrôle intérieur. Les images, sur l'écran d'Elva, redevinrent nettes. Elle aspira une bouffée d'air et regarda. Hors de formation, l'*Askol* plongeait à un kilomètre de son vaisseau jumeau, le

Zuevots... juste au moment où ce bâtiment cyclopéen s'écrasait sur le croiseur *Fodorev*. Une nappe de feu s'étendit lorsque les rangées d'accumulateurs furent court-circuitées. Les deux géants se replièrent, dégagèrent une fulguration blanche au point d'impact, se fondirent et partirent en tournoyant dans une valse démente. Des hommes et du matériel tombèrent des fissures béantes. Deux tourelles s'accrochèrent, leurs longs canons enchevêtrés comme des serpents. Puis toute la masse frappa un troisième vaisseau. Des éclats d'acier explosèrent dans l'espace.

Dans le vacarme et les cris, la voix de Golyev retentit :

– Vos gueules, là-dedans! Silence! Par la Création, j'abats le premier qui ose gémir! L'ennemi sera là dans une minute. Au rapport, tout le monde, par vos matricules!

Une certaine discipline revint. C'était des combattants. Des instruments fouillèrent l'espace, les ordinateurs encore intacts bourdonnèrent, les esprits calculèrent, les canonniers regagnèrent leurs postes. La flotte vaynamoise traversa la formation et l'univers explosa en bref feu d'artifice. Beaucoup de vaisseaux chertkoiens périrent alors, leurs défenseurs trop assommés, leurs défenses trop défoncées pour repousser les torpilles chercheuses. Mais d'autres ripostèrent, se sauvèrent et virent leurs ennemis disparaître dans le lointain.

Malgré tout, ils déviaient de leur course, ils partaient à la dérive, leurs moteurs impuissants à les délivrer. Elva entendit la voix sèche d'un physicien donner les déductions de ses observations. Toute la flotte avait été prise dans un cône de force gravitationnelle émanant de l'objet massif détecté sur orbite. Comme un maelstrom aux dimensions astronomiques, il les avait arrachés à leur course. Ceux qui s'étaient trouvés le plus près et dans le champ de force le plus intense – un quart de l'armada – avaient été détruits par la simple décélération. Et maintenant la force les attirait dans son vortex.

– Mais c'est impossible! gémit l'ingénieur-chef de l'*Askol*. Un rayon attracteur de gravité de cette amplitude... Amiral, ce n'est pas possible! L'énergie nécessaire brûlerait n'importe quelle génératrice en une microseconde!

– C'est possible puisqu'ils le font, répliqua durement Golyev. Ils ont peut-être trouvé un nouveau moyen de transformer l'énergie en distorsion spatiale. Où sont ces chiffres sur l'intensité? Et ma règle à calcul... Oui! Toute la flotte sera bientôt dans un champ si puissant que... Eh bien, nous ne le permettrons pas! Parez à frapper cette génératrice avec tout ce que nous avons!

– Mais, amiral... nous devons avoir... je ne sais pas combien de vaisseaux... assez près maintenant pour être dans un rayon de destruction totale!

– Tant pis pour eux. Parez à manœuvrer. Contrôle d'artillerie, feu à volonté quand vous serez prêts!

Et puis, dans un murmure, même si cette ligne était privée et ne pouvait être écoutée par personne d'autre :

– Elva! Ça va en bas? Elva!

Les mains d'Elva cessèrent de trembler, le temps qu'elle allume une cigarette. Elle ne répondit pas. Qu'il s'inquiète. Cela réduirait peut-être son efficacité.

Son écran n'était pas tourné vers la source du vortex et ne montrait donc pas sa destruction par le barrage nucléaire. D'ailleurs, elle n'aurait pu la voir. L'explosion instantanée d'une violence de noyau solaire transcendait tous les sens, humains ou électroniques. A la surface de Vaynamo, en plein jour, des yeux éblouis avaient dû se détourner de cet éclat. Tout ce qui se trouvait dans un rayon de mille kilomètres de ces ogives nucléaires mourut, en dépit de tout l'acier et de tous les champs de force protecteurs. Quarante vaisseaux chertkoiens eurent soudain un équipage de cadavres. Les plus rapprochés du centre fondirent. Plus près encore, ils cessèrent d'exister, sinon sous forme de gaz à des millions de degrés de température. Les vaisseaux déjà écrasés sur la station géante furent transformés en isotopes instables et leurs atomes mêmes moururent.

Mais la station elle-même disparut. Et Vaynamo ne pouvait construire qu'un seul de ces monstres. Les vaisseaux chertkoiens étaient de nouveau libres.

– Amiral à tous les capitaines! cria Golyev. Amiral à tous les capitaines! Les rapports peuvent attendre. Dégagez les lignes. Je veux que chaque homme de la flotte m'entende. Tenez-vous prêts pour un message... Maintenant écoutez. Ici le commandant suprême Bors Golyev. Nous avons encaissé un rude coup, les gars. L'ennemi possédait une arme insoupçonnée qui nous a coûté pas mal de pertes. Mais nous l'avons détruite. Je répète, nous l'avons fait sauter du cosmos. Et je dis bravo! Je dis aussi que nous sommes encore cent fois plus forts que l'ennemi et il a tiré sa dernière cartouche. Nous allons foncer. Nous allons...

– Alerte! Alerte rouge! Engins ennemis de retour. Engins ennemis de retour. Vélocité radiale environ 50 KPS mais accélération approximative 100 G.

– *Quoi?*

Elva elle-même vit reparaître les étoiles filantes des Vaynamois.

Golyev s'efforça, à force de hurlements, de calmer la panique de ses officiers. Allaient-ils finir de tourner en rond comme des vieilles femmes? L'ennemi avait inventé autre chose, une méthode d'accélération à des taux inouïs sous la poussée gravifique. Mais pas par sorcellerie! Ce devait être un compensateur de tension interne développé au maximum d'efficacité, plus une adaptation du principe appliqué pour le vortex attracteur. Ou alors une percée, un tout nouveau principe, peut-être quelque chose d'intermédiaire entre l'agoratron et la poussée interplanétaire normale...

– Peu importe quoi, bande d'abrutis! Ils ne sont quand même qu'un tas d'aiguilles! Tuez-les!

Mais l'armada dérivait, en plein chaos. Les détecteurs avaient donné quelques secondes d'avertissement, qui furent perdues à chercher si l'avertissement était correct et à essayer frénétiquement de rallier des hommes déjà très secoués. Puis la flottille d'aiguilles arriva parmi les Chertkoiens. Elle freina sa furieuse vélocité relative avec une rapiditité quasi instantanée à laquelle les canonniers et les ordinateurs de Chertkoi n'avaient pas été préparés. Les canonniers vaynamois, eux, étaient prêts. Et même une chaloupe peut porter des torpilles qui anéantissent un cuirassé.

En mille explosions flamboyantes, l'armada mourut.

Pas entièrement. Les vaisseaux non armés furent épargnés, s'ils acceptaient de se rendre. Des équipes d'abordage vaynamoises libérèrent tous les compatriotes qu'ils trouvèrent. L'*Askol*, sous le commandement personnel de Golyev, repoussa ses assaillants et continua d'avancer obstinément, vers des régions où il pourrait se servir de l'agoratron pour s'enfuir. Le capitaine d'une prise de guerre révéla que plus de cent Vaynamois étaient à bord du vaisseau amiral. On renonça donc à le faire sauter. Mais un grand nombre d'engins tirèrent de faux missiles qui occupèrent la défense. Pendant ce temps, une compagnie de sapeurs accostait, pour découper le blindage et faire pénétrer des hommes.

L'équipage chertkoien résista. Mais il finit par succomber sous le nombre et une puissance de tir supérieure. La plupart des hommes moururent sous les balles et les grenades, les gaz et les lance-flammes. Certains résistants, qui avaient fortifié un compartiment, y furent soudés de l'extérieur, abandonnés pour mourir de faim ou capituler, à leur choix. Malgré tout, l'*Askol* était si gigantesque que le groupe d'abordage mit plusieurs heures à en prendre possession.

La porte s'ouvrit. Elva se leva.

Les six ou sept hommes qui entrèrent lui parurent d'abord étrangers. Au bout d'une minute – elle était trop fatiguée et trop éberluée pour penser clairement – elle comprit pourquoi. Ils portaient tous une veste et un pantalon bleus, un uniforme. Jamais encore elle n'avait vu deux Vaynamois habillés de la même façon. « Mais c'est normal, se dit-elle vaguement. Nous avons dû créer une marine, n'est-ce pas? »

Et ils étaient quand même de sa race : le teint clair, les cheveux raides, les pommettes saillantes, les yeux bleus obliques plus brillants dans la fumée de la bataille. Et ils marchaient bien comme des Vaynamois, la tête haute, le maintien fier d'hommes libres, ce qu'elle n'avait pas vu depuis... combien de temps? Alors leur tenue n'avait pas d'importance, ni les fusils dans leurs mains.

Lentement, les oreilles bourdonnantes, elle s'aperçut que le fracas des combats s'était tu.

Le jeune homme marchant en tête fit un pas vers elle.

– Ma dame...

– Est-ce vraiment elle? interrompit quelqu'un

d'une voix bourrue. Et pas une collaboratrice?

Un nouveau venu écarta le peloton. Il avait des cheveux gris, une figure pâle par manque de soleil, il portait une sinistre combinaison de prisonnier. Mais ses lèvres souriaient et il s'inclina profondément devant Elva.

– C'est bien certainement ma dame de Tervola, dit-il. (A elle :) Quand ces hommes m'ont libéré, là-haut dans la Section Quatorze, je leur ai dit que nous vous trouverions probablement ici. Je suis si heureux!

Elle avait la tête lourde et put à peine l'incliner, une fois qu'elle l'eut reconnu au bout d'un moment.

– Ah oui! Capitaine Ivalo. J'espère que vous allez bien.

– Oui, grâce à vous, ma dame. Un jour nous saurons combien de centaines d'entre nous sont sains et saufs, et ici, grâce à vous!

Le chef du peloton fit un autre pas, rengaina son pistolet-mitrailleur et tendit les deux mains vers Elva. C'est un homme bien charpenté, beau, aux cheveux blonds, un peu plus âgé qu'elle, dans les trente-cinq ans, peut-être. Il voulut parler mais aucun mot ne vint et Ivalo le fit reculer.

– Dans un moment, dit l'ex-captif. Occupons-nous d'abord des affaires pénibles.

Le jeune chef hésita puis, avec une grimace, il acquiesça. Deux hommes poussèrent devant eux Bors Golyev. L'amiral chancelait de fatigue, du sang coulait d'une douzaine de blessures, mais en voyant Elva il parut se ressaisir.

– Tu n'es pas blessée, souffla-t-il comme s'il prononçait des mots sacrés. J'ai eu si peur...

– J'ai expliqué ce cas au commandant de ce peloton, dit Ivalo d'une voix d'acier, ainsi qu'à son supérieur immédiat. Je suis sûr, ma dame, que vous

vous joindrez à nous dans notre désir de ne pas être inhumains. Pourtant, un procès criminel dans un tribunal officiel ne ferait que rendre publiques des choses qu'il vaut mieux oublier et ne pourrait que lui infliger une peine limitée. Alors ici et maintenant, dans des conditions de guerre et compte tenu des grands services que vous...

Le commandant du peloton intervint; il était très pâle.

– Tout ce que vous ordonnerez, ma dame. A vous de rendre le verdict. Nous l'exécuterons immédiatement.

– Elva, murmura Golyev.

Elle le regarda, se rappela les incendies, l'esclavage, un certain homme mort sur une barricade. Mais tout lui parut lointain, presque irréel.

– Il y a déjà eu trop de souffrance, dit-elle. (Elle réfléchit pendant quelques secondes.) Emmenez-le simplement et fusillez-le.

L'officier parut soulagé. Il fit avancer ses hommes. Golyev voulut parler, mais il fut emmené trop vite.

Ivalo resta dans la cabine.

– Ma dame...

– Oui? dit-elle alors qu'il hésitait.

Elle était accablée par une immense fatigue. Elle se rassit sur la couchette et chercha à tâtons une cigarette. Il n'y avait plus aucune émotion en elle, rien qu'un morne désir de dormir.

– Je me suis demandé... Ne répondez pas si vous ne voulez pas. Vous en avez déjà tant subi.

– Ce n'est rien, répondit-elle machinalement. Tout est fini, n'est-ce pas? Nous ne devons pas être obsédés par le passé.

– Bien sûr. Euh... on me dit que Vaynamo n'a pas beaucoup changé. L'effort de défense a fatalement modifié un peu la société mais ils ont tout fait pour minimiser cela et ont réussi. Notre culture a une stabilité innée, vous savez, un feedback négatif. Naturellement, nous devons encore entreprendre une action contre la planète de ces démons. Libérer leurs mondes esclaves et s'assurer qu'ils ne recommenceront jamais. Mais ça ne devrait pas être difficile. Quant à vous, j'ai enquêté très soigneusement. Tervola reste dans votre famille. La terre et le peuple sont tels que vous vous les rappelez.

Elle ferma les yeux, sentant pour la première fois son cœur se réchauffer.

– Maintenant je peux dormir, murmura-t-elle. (Puis elle se souvint.) Mais vous vouliez poser une question, Ivalo.

– Oui. Pendant tout ce temps, je n'ai pas pu m'empêcher de m'étonner. Pourquoi êtes-vous restée chez l'ennemi? Vous auriez pu vous évader. Avez-vous toujours su quel immense service vous alliez rendre?

Elle fut stupéfaite de pouvoir sourire.

– Eh bien, je savais que je ne pourrais pas servir à grand-chose sur Vaynamo. J'avais une chance d'être utile, sur Chertkoi. Mais ce n'était pas par courage. Le pire m'était déjà arrivé. Je n'avais qu'à attendre, quelques mois seulement, de mon temps à moi, et tout serait fini. Alors que si je m'étais évadée de la Deuxième expédition, j'aurais vécu presque toute ma vie dans l'ombre de la Troisième. Je vous en prie, ne faites pas de tapage à mon sujet. En réalité, je suis affreusement peureuse.

Il resta bouche bée.

– Vous voulez dire que vous saviez que nous gagnerions? Mais ce n'est pas possible! Tout indiquait le contraire!

Le cauchemar se dissipait plus rapidement qu'elle n'avait osé l'espérer. Elle secoua la tête, toujours souriante, pas triomphante mais heureuse d'expliquer ce qui l'avait maintenue en vie :

– Vous êtes injuste envers notre peuple. Aussi injuste que l'étaient les Chertkoiens. Ils croyaient que, parce que nous préférons la stabilité démographique et la préservation de notre espace vital, nous étions stagnants. Ils oubliaient que l'on peut vivre de plus belles aventures en esprit que dans tout l'univers physique. Nous avions réellement une science et une technologie très puissantes. Elles étaient orientées vers la vie, vers la beauté et l'amélioration au lieu de l'exploitation de la nature. Mais elles n'en étaient pas moins viriles.

– Mais nous n'avions pour ainsi dire pas d'industrie! Nous n'en avons même pas maintenant.

– Je ne comptais pas sur nos usines, mais sur notre science. Quand vous m'avez parlé de cette horrible arme bactériologique, et appris qu'elle avait été supprimée, vous avez confirmé mes espoirs. Nous ne sommes pas des saints. Notre gouvernement n'aurait pas été si pressé de se débarrasser de la peste – il aurait au moins tenté de s'en servir pour bluffer – s'il n'y avait pas une meilleure arme en préparation. N'est-ce pas?... J'étais incapable de deviner ce que pourraient préparer nos savants, avec les deux générations que l'ennemi n'avait pas. J'ai pensé qu'ils s'appuieraient plutôt sur la physique que sur la biologie. Pourquoi pas? On ne peut pas avoir une technologie avancée, chimique, médicale, génétique, écologique, sans savoir tout ce qu'il y a à connaître de la physique. La théorie des quanta explique les mutations. Mais elle explique aussi les réactions atomiques ou ce qu'ils ont utilisé dans ces nouveaux engins. Ah oui, Ivalo, j'étais sûre que nous gagnerions! Tout ce que j'avais à faire, c'était travailler pour amener ici tous les prisonniers – et surtout moi-même, pour être tout à fait franche – au jour de la victoire.

Il la considéra avec une sorte de crainte respe

tueuse. Inexplicablement, cela l'accabla et elle se sentit de nouveau lourde. « Après tout, pensa-t-elle... soixante-deux ans. Tervola demeure. Mais qui me connaîtra? Je vais être trop seule. »

Des bottes claquèrent sur du métal. Le jeune chef de peloton reparut.

– C'est fait, annonça-t-il.

Son expression sévère disparut et il s'approcha doucement d'Elva, presque timidement.

– J'espère, dit Ivalo tout éclatant de bonheur, que ma dame me permettra de lui rendre visite de temps en temps.

– J'y compte bien, murmura Elva.

– Nous autres, naufragés temporels, allons fatalement être désorientés pendant un moment. Nous devons nous entraider. Vous, par exemple, vous aurez du mal à vous faire à l'idée que votre fils Hauki, Suzerain de Tervola...

Elle se leva d'un bond. La cabine se brouilla autour d'elle.

– Hauki!

– ... est maintenant un vieux monsieur vigoureux qui a le souvenir d'une bonne vie bien remplie, et qui est le père de Karlavi que voici...

Les mains musclées de son petit-fils se refermèrent sur celles d'Elva.

– Qui à son tour, acheva Ivalo, a engendré un superbe bébé, un garçon nommé Hauki. Et toute votre famille, tout votre peuple attendent pour vous souhaiter la bienvenue.

TABLE DES MATIÈRES

Achevé d'imprimer en Europe (France)
par Brodard et Taupin à la Flèche (Sarthe)
le 18 décembre 1992. 6290G-5
Dépôt légal déc. 1992. ISBN 2-277-21268-7
1er dépôt légal dans la collection : déc. 1981

Éditions J'ai lu
27, rue Cassette, 75006 Paris
Diffusion France et étranger : Flammarion